南 英男

虐殺 裁き屋稼業

実業之日本社

実業之日本社文庫

目次

虐殺　裁き屋稼業

第一章　阻《はば》まれた内部告発

1

悲鳴が聞こえた。

若い女性の声だった。成瀬和樹《なるせかずき》は、反射的に視線を巡《めぐ》らせた。

二月中旬のある夜だ。寒気が鋭い。吐く息は、たちまち白く固まる。

東急東横線の中目黒駅近くの裏通りだ。

あたりには飲食店が多い。成瀬は馴染《なじ》みのスナックで軽く飲み、自宅マンションに向かっていた。

二十メートルほど先の暗がりで、三つの人影が揉《も》み合っている。

成瀬は目を凝《こ》らした。二人の男が二十四、五歳の女性の両腕を摑《つか》み、四輪駆動車に乗せようとしている。車はレンジローバーだ。

女性は息を呑《の》むような美人だった。サンドベージュのウールコートが似合っている。

「おい、何をしてるんだっ」

成瀬は大声で男たちを咎《とが》めた。

二人の男が相前後して振り向いた。どちらも二十七、八歳で、どことなく荒《すさ》んだ印象を与える。堅気《かたぎ》ではなさそうだ。

背の高いほうの男は芥子色《からしいろ》の背広の上に、黒革《くろかわ》のロングコートを羽織《はお》っている。極端に眉《まゆ》が薄く、いかにも凶暴そうな面構《つらがま》えだ。

相棒は小柄で、ずんぐりとした体型だった。典型的な猪首《いくび》である。スポーツ刈りで、丸顔だった。

厚手の派手な柄物《がらもの》のセーターを着ている。下は灰色のカーゴパンツだ。

二人組は成瀬を黙殺し、若い女性をレンジローバーの後部座席に押し込もうとしている。

車体の色はグレイだった。女性は全身で抗《あらが》っている。

「ふざけやがって」

成瀬は男たちに無視され、頭に血が昇った。

勢いよく走りだす。去年の六月に満三十八歳になった成瀬は四年半あまり前まで、売れっ子のスタントマンだった。空手の有段者である。腕力には自信があった。

上背《うわぜい》のある男が短く呻《うめ》いて、急に手を引っ込めた。どうやら拉致《らち》されかけている女性に手首のあたりを嚙《か》まれたようだ。

「おとなしくせんかい！」

眉の薄い男が声を張り、バックハンドで女性の頰《ほお》を殴りつけた。濡《ぬ》れた毛布を棒で叩《たた》いたような音が響いた。

横っ面《よこつら》を張られ美女は突風に煽《あお》られたように大きくよろけ、路上に横倒しに転がった。

「おまえら、いい加減にしろ」

成瀬はレンジローバーの横で足を止め、二人組を交互に睨《にら》みつけた。

すると、スポーツ刈りの男が肩をそびやかした。

「なんやねん？」

「どんな事情があるか知らないが、女性に手荒なことをするのは見苦しいな」

「余計な口出しせんとき。この女は知り合いなんや。せやから、ごっちゃごちゃ言うんやないっ」

「こいつら、知り合いなのか？」

成瀬は問いかけながら、美人を引き起こした。

女性は首を横に振ると、成瀬の背の後ろに隠れた。整った白い顔は恐怖で引き攣《つ》っている。成瀬は男を睨みつけた。

「どういうことなんだ?」

「やっかましい! 怪我《けが》しとうなかったら、早《はよ》うどくんやな」

ずんぐりとした男が凄《すご》み、両手の指の関節を芝居っ気たっぷりに鳴らした。喧嘩馴《けんかな》れしているのだろうが、格闘技の心得はなさそうだ。隙《すき》だらけだった。

成瀬は挑発的な笑みを浮かべ、一歩踏みだした。

誘いだ。案の定《じょう》、相手が右のロングフックを繰《く》り出してきた。空気が揺らぐ。

成瀬は軽やかに退《さ》がり、右足刀《みぎそくとう》を見舞った。

風が巻き起こった。ダークグリーンのチノクロスパンツの裾《すそ》がはためいた。

狙《ねら》ったのは金的《きんてき》だった。男の急所だ。的《まと》は外さなかった。

スポーツ刈りの男が両手で股間《こかん》を押さえ、徐々に腰を沈めた。苦痛で顔を歪《ゆが》めている。

成瀬は相手に隙を与えなかった。

すかさず男の顔面に正拳《せいけん》をぶち込む。右の順突《じゅんづ》きだった。相手の頬骨が鈍《にぶ》く鳴った。

猪首の男は反《そ》り身になりながら、後ろに引っくり返った。

「やるやないけ」

長身の男が言って、ロングコートの右ポケットから折り畳み式のナイフを取り出した。値の張りそうなフォールディング・ナイフだった。

すぐに刃が起こされた。刃渡りは十五、六センチだろうか。

「に、逃げましょ」

美女が震え声で成瀬に言った。

「きみだけ逃げろ」

「そんなことはできません」

「いいから、逃げるんだっ」

「でも……」

「とにかく、おれから離れてくれ」

成瀬は相手に小声で言い、平行立ちの姿勢をとった。

「後ろにいる女を渡さんと、腸《はらわた》を抉《えぐ》ることになるで。それでもええんかっ」

「やれるものなら、やってみろ」

「ええかっこしいが！」

眉の薄い男が刃物を中段に構えながら、間合《まあ》いを詰めてくる。成瀬は動かなかった。

スポーツ刈りの男は路面に倒れ込んだままだった。二人が同時に襲ってくることはないだろう。

成瀬は背の高い男を見据《す》えた。

数秒後、男がフォールディング・ナイフを水平に薙《な》いだ。白っぽい光が揺曳《ようえい》する。刃風《はかぜ》は重かったが、切っ先は成瀬から四十センチ以上も離れていた。威嚇《いかく》の一閃《いっせん》だったのだろう。

「次は遊びやないで」

相手が刀身を舐《な》め、フォールディング・ナイフを逆手《さかて》に持ち替えた。ナイフは腰撓《だ》めに構えられている。

成瀬は深呼吸した。恐怖心を捩伏《ねじふ》せたのだ。

男が地を蹴《け》った。

ぞろりとしたコートの裾《すそ》が翻《ひるがえ》る。相手の目には、殺気が漲《みなぎ》っていた。成瀬は身を竦《すく》ませている女性を道の端に導き、反対側に走った。

眉の薄い男が突進してきた。成瀬は、わざと前に出た。虚《きょ》を衝《つ》かれた男が立ち竦む。

反撃のチャンスだ。

成瀬は高く跳躍《ちょうやく》した。空気が縺《もつ》れる。

相手が棒立ちになった。成瀬は宙《ちゅう》で蹴り脚《あし》を思い切り伸ばし、もう一方の脚は折り曲げた。二段蹴りは、みごとに極《き》まった。

眉間《みけん》と水月《すいげつ》（鳩尾《みぞおち》）を直撃された男は体をくの字に折りながら、尻《しり》から路面に落ちた。

弾みで、両脚が跳《は》ね上がった。不様《ぶざま》な恰好《かっこう》だった。

成瀬は着地すると、相手に走り寄った。男は、まだフォールディング・ナイフを握っていた。成瀬は、相手の脇腹《わきばら》を思うさま蹴った。茶色いワークブーツの先端が深く埋まる。

男が動物じみた唸《うな》り声をあげ、四肢《しし》を大きく縮めた。刃物は手から落ちていた。

成瀬はナイフを道端に蹴り込んだ。

そのとき、猪首の男が起き上がった。成瀬は男の動きを目で追った。

スポーツ刈りの男はレンジローバーの助手席のドアを開けると、グローブボックスから何か摑み出した。

自動拳銃《けんじゅう》だった。中国製トカレフのノーリンコ54のようだが、断言はできない。消音装置は嚙《か》まされていなかった。トカレフの原産国は旧ソ連だ。中国はパテント生産をして、トカレフをノーリンコ54と呼んでいる。

「死にとうなかったら、女を渡すんやな」

スポーツ刈りの男が銃把《グリップ》に両手を掛けた。

やはり、ノーリンコ54だった。撃鉄《ハンマー》はハーフコックになっていた。

ノーリンコ54には、いわゆる安全装置《セーフティーロック》がない。撃鉄《げきてつ》を半分だけ起こすことによって、暴発を防ぐ仕組みになっている。

「こんな場所でぶっ放したら、すぐにパトカーが駆けつけるぞ」

「おい、こっちに来るんや」

男がノーリンコ54の撃鉄をいっぱいに起こし、女性に命じた。彼女は何か口走り、その場にうずくまってしまった。

「引き金を絞《しぼ》ってみな」

成瀬は相手を挑発し、大胆にも前進した。こういう場合は、決して気弱になってはいけない。さすがに不安だったが、成瀬は虚勢を崩さなかった。

「われ、なめとるんかっ」

スポーツ刈りの男が気色《けしき》ばみ、引き金に指を絡《から》めた。

銃口は不安定に揺れている。まだ人をシュートしたことはないのだろう。撃たれることはなさそうだ。

成瀬はひとまず安堵《あんど》した。

ちょうどそのとき、近くの居酒屋からサラリーマンらしき四人の中年男が出てきた。スポーツ刈りの男は焦《あせ》った様子でノーリンコ54をセーターの下に隠した。

逃げる好機だ。

成瀬は美女に駆け寄って、立ち上がらせた。そのまま彼女の手を取って、一目散《いちもくさん》に逃げる。

「早《はよ》う追うんや」

眉の薄い男が仲間に指示した。スポーツ刈りの男が何か喚《わめ》きながら、懸命に追いかけてくる。

成瀬は女性の手を強く握りしめながら、ひたすら夜道を走った。

彼女はロングブーツを履《は》いていた。そのせいか、走り方はのろかった。

このままでは、そのうち敵に取っ捕まってしまうだろう。成瀬は幾度も路地を折れ、月極《つきぎめ》駐車場に走り入った。

二十台前後の車が駐《と》めてあった。成瀬たち二人は、奥まった場所にパークされている黒いアルファードの陰に身を潜《ひそ》めた。

屈《かが》み込んだ美女は、肩を大きく弾ませている。いかにも苦しげだ。

「しばらくここにいよう」

「は、はい。救《たす》けていただいて、ありがとうございました。わたし、怖くて体が竦《すく》んでしまって……」

「しーっ」

成瀬は自分の唇に人差し指を押し当てた。

女性が口を閉《と》ざす。成瀬は左手首のコルムに目をやった。あと数分で、十一時になる。とうに人通りは絶《た》えている。

数分が流れたころ、靴音が響いてきた。

美しい女性が身を強張《こわば》らせた。成瀬は首を突き出した。

ノーリンコ54を持った男が月極駐車場の出入口にたたずみ、闇《やみ》を透《す》かして見ている。

成瀬は首を引っ込め、ふたたび人差し指を口に当てた。美女が心得顔でうなずいた。

スポーツ刈りの男が拳銃を構えながら、ゆっくりと接近してくる。成瀬は、いつでも闘える体勢を整えた。

男は駐車中のセダンやワンボックスカーの後ろをざっと覗《のぞ》き込むと、出入口の方向に足を向けた。

そのすぐ後《あと》、成瀬のレザージャケットの内ポケットでスマートフォンが鳴った。急いで電源を切ったが、手遅れだった。

スポーツ刈りの男が踵《きびす》を返し、小走りに駆けてくる。まずいことになった。成瀬は目で女性に合図して、別の車の背後に移った。

「車の陰におることは、わかってるで。撃たんさかい、二人とも出てくるんや」

男が圧《お》し殺した声で命令した。

女性が自分の口を手で塞《ふさ》いだ。驚きの声が洩《も》れそうになったのだろう。

「きみは、ここでじっとしててくれ」

成瀬は美女に耳打ちした。

「あなたは、どうするつもりなんですか？」

「おれは囮《おとり》になる。敵とこっちの姿が見えなくなったら、きみは逃げるんだ。いいね？」

「お願い、わたしをひとりにしないで。すごく怖いんです」

女性が涙声で訴え、成瀬の腕に縋《すが》りついた。全身が小刻みに震えている。

「わかったよ。それじゃ、別の手を使おう」

成瀬はラムスキンの狐色《きつねいろ》のレザージャケットのポケットから使い捨てライターを抓《つま》み出し、できるだけ遠くに投げ放った。

ライターは、向こう側のフェンスに当たった。予測した通り、追っ手が音のした方に走る。成瀬は女性の手を引きながら、横に移動しはじめた。二人とも中腰だった。

成瀬たちは金網に沿って進み、月極駐車場の出入口に近づいた。街灯の光で、そのあたりは明るい。

成瀬は伸び上がって、目で敵の姿を探した。

スポーツ刈りの男は奥のフェンスのそばにいた。後ろ向きだった。

成瀬は女性の手を強く引いた。二人は姿勢を低くしたまま、抜き足で月極駐車場を出た。幸運にも敵には見つからなかった。

「このあたりをうろついていたら、また追われることになるな」

「そうかもしれませんね。タクシーが通りかかってくれるといいんですけど」

「タクシーは表通りに出ないと、まず拾えないだろう。この近くに行きつけのカクテルバーがあるんだ。そこで、少し時間を稼ごう」

成瀬は女性を促《うなが》した。

彼女は素直に従《つ》いてきた。七、八十メートル先に目的の店がある。

二人はカクテルバーに入った。テーブル席は二、三十代のカップルたちで埋まっていた。成瀬たちは、カウンターの端に並んで腰かけた。

顔見知りのバーテンダーがやってきた。成瀬はトム・コリンズを注文した。

女性は少し迷ってから、ジンフィーズを頼んだ。バーテンダーが鮮やかな手つきでシェーカーを振りはじめた。成瀬はさりげなくスマートフォンを取り出し、着信履歴《りれき》を確認した。

さきほど電話をかけてきたのは、飲み友達の磯村暁《いそむらあきら》だった。七十二歳の磯村は元雑誌編集者で、ゴーストライターである。

一年あまり前まで超売れっ子だったのだが、いま代筆の依頼はない。AV女優上がりのテレビタレントの告白本で筆禍《ひっか》事件を引き起こして、磯村は干《ほ》されてしまったのだ。

彼は売れない小説家でもあった。数編の短編小説が活字になっているが、寝食を忘れて書き上げた三編の長編小説はいまも出版されていない。

全共闘世代の彼は精神的に若々しい。

二十年あまり前に妻と離婚し、代作の仕事で親密になったアイドル歌手と同棲《どうせい》していた。年齢差が大きかったからか、二人の関係は一年弱で終わってしまった。それ以来、磯村は下北沢の賃貸マンションで独り暮らしをしている。

「どうぞ遠慮なくコールバックしてください」

「飲み友達からの電話だったんだ。後で電話するよ」

成瀬は美しい女に言って、スマートフォンをポケットの中に戻した。

「申し遅れましたけど、わたし、安達里奈《あだちりな》といいます。食品会社に勤めています」

「そう。おれは成瀬、成瀬和樹」

「あのう、お名刺をいただけませんでしょうか」

「名刺？」

「はい。後日、礼状を差し上げたいのです」

「そんな気遣《づか》いは無用だよ。こっちは当然のことをしただけなんだから」

「いいえ、あなたのような勇気のある方は少ないと思います。わたし、とても感謝しているんです。本当にありがとうございました」

　里奈が深々と頭を下げた。

「いいって、もう。あいにく名刺は持ってないんだ。フリーターみたいなことをやってるんでね」

「そうですか。格闘家かもしれないと思ってたんですよ、とてもお強かったので」

「空手を少しばかり習ったんだよ。それに、四年半ほど前までスタントマンをやってたんだ」

「そうだったんですか」

「三十四のとき、カースタントで全治三カ月の怪我を負ったんだよ。それで、仕方なく怪獣ものの着ぐるみ役者《スーツタレント》になったんだ」

「それじゃ、怪獣映画に出演されてたんですね？」

「映画の仕事は、年に一本あるかないかだったな。もっぱら動物の着ぐるみに身を包んで、デパートや遊園地のアトラクションに出てたんだ。しかし、出演料《ギャラ》は笑っちゃうほど安かった。そんなこんなで、去年の夏にスーツタレントもやめちゃったんだよ」

「そうなんですか」

「いまは便利屋みたいなことをして、なんとか喰《く》ってる」

成瀬は曖昧《あいまい》な言い方をした。彼の素顔は裁《さば》き屋だった。

相棒の磯村と組んで資産家の若い未亡人の悪事を暴《あば》いたのは、去年の夏のことだ。二人は恐るべき陰謀を突きとめると、何度も罠《わな》を仕掛けられ、殺されそうになった。

その報復として、二人は三億円の口止め料を脅し取った。成瀬たちは権力や財力を持つ悪人どもを憎んでいたが、青臭い正義感を振り翳《かざ》す気はなかった。

それで、巨額をせしめたのである。二人は一億五千万円ずつ山分けした。それまで成瀬は、磯村のマンションで居候《いそうろう》生活をしていた。

何をするにしても、まず塒《ねぐら》を確保する必要があった。成瀬は、中目黒にある築二年の中古マンションを五千数百万円で購入した。家具や調度品を買い揃《そろ》え、ジャガーFタイプも手に入れた。

八千数百万円の現金が残ったが、わずか半年ほどであらかた遣《つか》い果たしてしまった。成瀬は磯村と夜な夜な銀座で豪遊し、各地の温泉街で放蕩《ほうとう》に耽《ふけ》った。ラスベガスや韓国のカジノにもちょくちょく出かけ、ルーレットやバカラに大金を注《つ》ぎ込んだ。いまは、二人とも貯《たくわ》えは底をつきかけている。

会話が途切《とぎ》れたとき、カクテルが届けられた。

成瀬は店のブックマッチを貰《もら》うと、バーテンダーを遠ざからせた。ライターよりもマッチのほうが煙草《たばこ》はうまく感じられる。二人はグラスを軽く掲《かか》げ、相前後して口に運んだ。

「さっきの男たちに心当たりは？」

「ありません」

里奈が即答した。

だが、その前に彼女は一瞬、動揺の色を見せた。里奈は何か隠しているのではないか。その秘密が銭《ぜに》になるかもしれない。もっと探《さぐ》りを入れてみよう。

成瀬は胸底《きょうてい》で呟《つぶや》いた。

「この近くにお住まいなんですか？」

里奈が問いかけてきた。

「そうなんだ。きみも中目黒に住んでるのかな」

「いいえ、わたしは自由が丘です。大学時代の友人が上目黒五丁目に住んでるんですよ。それで、きょうは会社の帰りに友達のマンションに立ち寄ったの。その帰りに、レンジローバーに尾《つ》けられて、拉致《らち》されそうになったんです」

「そうだったのか」

成瀬はセブンスターをくわえ、店のブックマッチで火を点《つ》けた。

「さっき便利屋さんみたいなことをされてるとおっしゃっていましたよね？」

「実は探偵めいたことをやったり、交渉人《ネゴシエーター》みたいなこともやってるんだ。何か困ったことがあったら、いつでも相談に乗るよ」

「はい、ありがとうございます。こんなことをお願いするのは失礼でしょうね」

「どんなことなのかな？」

「できたら、わたしを自宅までタクシーで送っていただきたいのです。もちろん、それなりの謝礼は差し上げます。わたし、なんだか怖くて独《ひと》りではタクシーに乗れそうもないんです」

「いいよ。謝礼なしで、家まで一緒に行ってやろう。こうして知り合ったのも何かの縁だろうからね」

「ご迷惑をかけて、申し訳ありません」

「美人の頼みじゃ断れないよ。しかし、いま表に出るのはまずいな。さっきの奴らがまだ近くにいるかもしれないからな」

「ええ」

「もう一杯ずつ飲んでから、外に出よう」

「はい」

里奈が少女のような返事をした。育ちがいいのだろう。

成瀬は短くなった煙草の火を消し、改めて里奈の横顔を見た。睫毛《まつげ》が驚くほど長く、瞳《ひとみ》は大きかった。鼻筋が通り、形のいい唇はなんとも色っぽい。

並の女優よりも、はるかに綺麗《きれい》だ。それでいて、取り澄ました印象は与えない。見るからに優しげで、人柄のよさも伝わってくる。

二人は時間をかけて、カクテルを二杯ずつ飲んだ。店を出たのは午前零時過ぎだった。

里奈は勘定を払いたがった。だが、成瀬は先に手早く支払いを済ませた。

二人は周《まわ》りに目を配りながら、表通りまで歩いた。

例の二人組の姿は見当たらない。胸を撫で下ろす。

少し待つと、空車が通りかかった。成瀬たちはタクシーに乗り込み、目黒通り経由で目黒区自由が丘三丁目に向かった。

里奈はワンルームマンション住まいをしているという。実家は神奈川県の逗子《ずし》にあるらしい。

二十分弱で、目的地に着いた。

六階建てのワンルームマンションの前には見覚えのあるレンジローバーが停《と》まっていた。ヘッドライトは消されていたが、車内に例の二人組がいることは間違いないだろう。

里奈が口の中で呻《うめ》き、体を強張《こわば》らせた。

「停めてくれないか」

成瀬は、五十年配のタクシードライバーに声をかけた。運転手がブレーキペダルを踏み、メーターを起こそうとした。

「ここで降りるわけじゃないんだ」

「どういうことなんです？」

「静かにバックして、中目黒に引き返してほしいんですよ」

成瀬は言った。運転手が首を傾げながら、車を後退させはじめた。

「おれのマンションは２ＬＤＫなんだ。空いてる部屋を提供するよ」

成瀬は里奈に耳打ちした。

「そこまで甘えるわけにはいきません。わたし、友達のマンションに泊めてもらいます」

「その友達は独り暮らしをしてるの?」

「いいえ、彼氏と一緒に生活しています」

「それじゃ、泊めてもらいづらいだろう?」

「ええ、まあ。でも、ホテルに独りで泊まるのは不安ですので……」

「よかったら、おれんとこに泊まれよ。ゲストルームに使ってる洋室には内錠があるんだ。別に襲ったりしないって」

「そういう不安を感じてるわけではないんです。ですけど、いくら何でも厚かましいでしょ?」

「そんなこと気にすることないよ」

「本当にご迷惑ではありません?」

「ああ」

「それではお言葉に甘えて、ひと晩だけ泊めていただきます」

里奈が頭を下げた。成瀬は同意した。

タクシーが車の向きを変え、穏《おだ》やかに前進しはじめた。

2

手早くドア・ロックを解《と》く。

成瀬は玄関ホールの照明を灯《とも》し、里奈を自宅マンションに請《しょう》じ入れた。『中目黒スカイコーポ』の五〇五号室だ。

「お邪魔します」

里奈がウールコートを脱《ぬ》いだ。

室内の空気は冷え冷えとしていた。成瀬は客用のボアスリッパを玄関マットの上に揃えると、先に居間に向かった。

電灯を点《つ》け、エア・コンディショナーのスイッチを入れる。それから成瀬は里奈をリビングソファに坐《すわ》らせ、二人分のホットウイスキーを用意した。

「どうかお構いなく。素敵なお部屋ですね」

里奈が言った。羨《うらや》ましげな口調だった。

「去年の秋に買ったんだ。中古マンションなんだよ」

「それでも、成瀬さんはお金持ちなんですね」

「二十五年ローンで買ったんだ」

成瀬は事実を明かさなかった。一括払《いっかつばら》いで購入したと正直に話したら、相手に警戒心を懐《いだ》かせることになるだろう。

「間取りは2LDKですか？」

「そう」

「専有面積はだいぶあるんでしょ？」

「約七十平方メートルだったかな」

「広いですね。ここで、ひとり住まいをされてらっしゃるんですか？」

「ああ。甲斐性《かいしょう》がないんで、結婚してくれる相手がいないんだよ」

「何をおっしゃいます、こんなリッチな暮らしをしているお方が」

「きみがこのまま住んでくれると、最高なんだがな」

「え？」

里奈が狼狽《ろうばい》した。

「冗談だよ。きみはちっとも擦《す》れてないね。もしかしたら、深窓《しんそう》育ちのお嬢さん？」

「いいえ、とんでもありません。父は失業者なんです。去年の夏に大手商社をリストラ退職して再就職活動中なんですけど、なかなか働き口が見つからないようです」

「いくつなの？」

「五十三です」

「まだ働き盛りなのに、もったいない話だな。景気が回復してないんで、多くの企業がいまも中高年社員をリストラの対象にしてる。人件費を大幅に削減《さくげん》すれば、多少の収益は出せるんだろう。しかし、それは一時凌《しの》ぎの打開策なんだがな」

「わたしも、そう思います。確かに年功序列には問題があると思いますけど、中高年社員の賃金が高いからといって、やたらリストラ退職させるという考え方は間違っていますよね」

「同感だな。安く使える若い社員たちだけに絞れば、人件費は低く抑えることができるだろう。しかし、若手社員の大半はそれほど愛社精神なんか持ってない。もっと待遇のいい会社があれば、ドライに転職する」

「ええ、そうでしょうね」

「企業にとって最も大切なのは優秀な人材だよ。社員が中高年になったからって、邪魔者扱いするようじゃ駄目だな。先行き不透明な時代だが、独創的な企業戦略を打ち出してる会社は着実に業績を伸ばしてる」

「そうみたいですね」

「経営者たちが目先の損得だけを考えてたら、そのうち日本の経済は破綻《はたん》しちゃうんじゃないのかな」

成瀬は言って、ホットウイスキーを啜《すす》った。グラスをコーヒーテーブルに置いたとき、里奈のバッグの中で着信音が響いた。

「ちょっと失礼します」

里奈が成瀬に断って、バッグからパーリーピンクのスマートフォンを取り出した。

彼女はスマートフォンを耳に当てると、すぐ通話終了ボタンを押した。次の瞬間、顔面蒼白《そうはく》になった。

「電話、誰から？」

成瀬は早口で問いかけた。

「例の二人組のひとりです。どこに逃げても必ず見つけ出してやると言っていました」

「しつこい奴らだ」

「怖いわ」

「おれに話してくれないか」

「何をですか？」

「きみは二人組に心当たりはないと言ってたが、何か思い当たるんじゃないのか」

「えっ」

　里奈がうろたえ、しげしげと成瀬の顔を見つめた。

「力になるよ。だから、話してほしいんだ。別れた彼氏か誰かに厭《いや》がらせをされてるのかい？」

「いいえ、そうではありません。多分、会社絡《がら》みのことで……」

「きみは食品会社に勤めてると言ってたね。社名は？」

「『豊栄フーズ』です」

「一流企業だな」

　成瀬はセブンスターをくわえた。

『豊栄フーズ』は東証一部上場会社で、本社は千代田区内にある。ハムや乳製品が主体だが、レトルト食品や健康食品の製造も手がけている。社員数は四千人近いのではないか。

「わたし、去年の十一月中旬まで常務秘書をしていました。常務は夏目周平《なつめしゅうへい》という名で、わたしの父とは学生時代からの親友だったんです」

「いま、親友だったと過去形で喋《しゃべ》ったね。その夏目とかいう常務は病気か何かで亡《な》くなったの？」

「いいえ、病死ではありません。去年の十一月十六日の深夜、夏目常務は自宅近くで無灯火のワンボックスカーに轢《ひ》き殺されたんです。即死だったそうです」

「その事件のことは、うっすらと憶《おぼ》えてるよ。確か事件は世田谷区用賀《ようが》の住宅街で起こったんじゃなかったかな」

「ええ、そうです。常務の自宅から、数十メートル離れた場所でした。警察は現場で採取した車体の塗膜片《とまくへん》やタイヤ痕《こん》から加害車輌《しゃりょう》を割り出したのですけど、盗難車だったんですよ。それで、まだ轢き逃げ犯は逮捕されていないんです」

「そういえば、その後、事件に関する報道に接してないな。それはともかく、犯行に盗難車が使われたんなら、計画的な殺人に間違いなさそうだね。夏目常務はどんな人物だったの？」

「仕事に関しては、とても遣《や》り手でした。五十一歳で常務になったぐらいですので、出世頭だったと言ってもいいと思います」

「だろうね。故人は、出世欲の強いエゴイストだったのかな？」

「いいえ、そういう方ではありませんでした。部下たちには思い遣りがありましたし、青年のように正義感も強かったですね。優しい人格者でしたから、若手社員たちには慕《した》われていました」

「ほかの役員たちとの関係はどうだったのかな？」

「ここだけの話にしていただきたいのですけど、勝又啓吾《かつまたけいご》専務とは役員会議でちょくちょく意見がぶつかっていたようです」

里奈が言いづらそうに打ち明けた。

「その勝又専務のことをもう少し詳しく教えてくれないか」

「わかりました。年齢は五十五歳で、社長の参謀のような存在なんです。そんなことで、副社長も勝又専務には一目置いている感じですね」

「社員たちの評判は？」

「夏目常務みたいには慕われていないと思います。勝又専務は我《が》が強くて、他人の意見にはあまり耳を傾けないんですよ」

「そう。勝又専務は、夏目常務をライバル視してたんだろうか」

「ええ、多分。ですけど、常務に専務のポストを奪われるとは考えていなかったと思います。夏目常務は社長派でも副社長派でもありませんでしたので」

「つまり、夏目常務はどちらの派閥《はばつ》にも与《くみ》することなく、自分のスタンスを貫《つらぬ》いてたんだ？」

「実際、そうでした」

「となると、社内の派閥争いの線は薄いな。夏目常務、女性のほうはどうだったんだろう？」

成瀬は問いかけて、喫《す》いさしの煙草の灰を指ではたき落とした。

「魅力的な紳士でしたので、女性たちには好かれていたと思います」

「当然、夏目常務は既婚者だったんだろう？」

「ええ。奥さまは三つ下で、とても綺麗な方です。二人の娘さんもチャーミングですね。上の娘さんはもう結婚されていますけど、下のお嬢さんはまだ大学院生です」

「そう。大手食品会社の役員をやってたんだから、愛人を囲ってたとしても不思議じゃないな」

「そのあたりのことは、よくわかりません。仮に愛人がいたとしても、女性関係のトラブルが原因で夏目常務が殺されたとは考えにくいですね」

「何か根拠がありそうだな。差し支《つか》えのない範囲でいいから、そのあたりのことを話してほしいんだ」

「はい。これは単なる推測なのですけど、夏目常務は内部告発する気でいたのかもしれません」

「『豊栄フーズ』は顧問公認会計士に粉飾決算でもやらせてたんだろうか？」

「そういうことはなかったと思います。あれは去年の十月上旬だったかしら？　夏目常務は『豊栄フーズ』がビーフジャーキー用の輸入牛肉約百二十トンを国産牛肉と虚偽申請し、国の牛海綿状脳症《BSE》対策制度を悪用して、全国食肉事業協同組合連合会から一億数千万円を仮払いさせた疑いがあると洩らしていたんです」

「それが事実なら、詐欺《さぎ》罪と偽計《ぎけい》業務妨害罪に問われるな」

「でしょうね」

　里奈が答えた。成瀬は煙草の火を揉み消し、里奈に顔を向けた。

「不正の疑いは、それだけなのかな」

「真偽はわかりませんけど、夏目常務の話によると、会社は中国、台湾、インドネシア、韓国などから輸入した食材を国産と偽装表示したり、無認可の添加物を大量に使用した疑いもあるらしいんですよ」

「日本の大企業は商道を忘れてしまったのかな。だいぶ前のことだが、有名乳業会社が賞味期限の切れた牛乳で乳製品を作り、その子会社は加工肉の生産地を偽ってた。電力会社は長いこと原子力発電所の損傷を隠してた。ユーザーの安全よりも、増益が大事だってわけだ。政治家たちの腐敗はいまはじまったことじゃないが、一流企業まで倫理を棄《す》てて金儲《もう》けに走ってる」

「そうですね」

「社会がここまで堕落《だらく》したら、若い奴らも刹那的《せつなてき》になってしまうよな。プチ家出をしたり、平気で〝パパ活〟をする女の子たちが少なくない。学歴偏重社会が崩れたのはいいことだが、世の中全体が利己的になってる。誰も格差社会で自分が生き残ることしか考えてないから、弱者や貧者に温かい眼差《まなざ》しを向けなくなってる。そんな具合だから、毎年、二万人以上の人間が絶望感から自殺してるんだろう。時代は救いようがないぐらいに悪くなってるんじゃないのかな」

「そうだと思います」

「どいつもこいつも魂《たましい》を抜かれて、死んだように生きてる。嘆《なげ》かわしいね。理不尽《りふじん》な目に遭《あ》ったら、腹を立てりゃいいんだよ。飼い馴《な》らされた羊みたいに生きてたって、ちっとも面白くないだろうに。権力や財力を悪用して、でっかい面《つら》をしてる連中は力ずくでやっつけりゃいいんだ」

「成瀬さんは過激なんですね。あなたのような男っぽい方には久しぶりにお目にかかりました。なんだかとっても心強いわ」

「なんか話を脱線させてしまったな。話を元に戻そう。で、夏目常務は会社の不正の証拠を握ったんだろうか」

「断定はできませんけど、多分、証拠を押さえたのでしょうね」

「それなら、何らかの方法で内部告発をしようとしたんじゃないのかな。企業不正の証拠を東京地検かマスコミに提供する前に、おそらく夏目常務は口を封じられてしまったんだろう」

「ええ、そうなのかもしれません。内閣府はだいぶ昔に内部告発保護の新法案を国会に提出しましたけど、あまり役に立ってないんじゃないかしら？」

里奈が言った。

「そうみたいだな。ところで、夏目常務が洩らした話を誰かに話した？」

「事実関係を確認したわけではないので、わたし、誰にも喋りませんでした。ただ、なかなか轢き逃げ犯が捕まらないので、十日ほど前に逗子の実家に帰ったとき、父にだけは話しました」

「親父《おやじ》さんは、どんな反応を示した？」

「学生時代から夏目は人一倍、正義感が強かったから、内部告発しようとしたことは間違いないだろうと言っていました。そして、父は時間があるから、そのあたりのことを少し調べてみるとも……」

「そう」

「その父が一週間前から行方がわからないんです」

「なんだって⁉　その話を詳しく話してくれないか」

「はい。失踪《しっそう》した日、父は母に夏目常務の自宅に行くと言い残して、逗子の家を出たらしいんですよ。でも、常務のお宅には伺《うかが》っていなかったのです。用賀に向かっている途中、何かアクシデントがあったのかもしれません」

「逗子署に父親の捜索願は？」

「失踪した翌日の午後、母が出しました。それまで父は無断外泊したことは一度もなかったんですよ。それで、警察も父が何か事件に巻き込まれたのではないかと判断したようです」

「何か手がかりは？」

「現在のところは何も……」

「そうなのか。心配だね」

成瀬はソファから立ち上がり、メモパッドとボールペンを取りに行った。ソファに戻ると、これまで聞いた話の要点を書き留《と》めた。

ついでに里奈の父の名前と実家の所番地を教えてもらった。里奈の父親は安達隆行《たかゆき》という名だった。

「成瀬さん、なぜメモなんか執《と》ったんですか？」

里奈が訝《いぶか》しげに訊《き》いた。

「こっちは捜査のプロじゃないんで、どこまで調べられるかわからないが、ちょっと夏目常務の死の真相を探《さぐ》ってみるよ」

「どうして成瀬さんがそこまで？」

「人よりも少しばかり好奇心が旺盛《おうせい》なんだ。それにせっかく知り合った美女のことも、もっと知りたいしね」

成瀬は、もっともらしく答えた。金になりそうな事件だから、興味を持ったとは口が裂けても言えない。

「わたしは平凡な女です。美女だなんて言われると、なんだかからかわれてるような気がするわ」

「きみは美しいよ。それはそうと、夏目常務を葬《ほうむ》った犯人は、きみのお父さんの失踪にも関与してそうだな。おそらく夏目常務が内部告発の資料を親友に預けたかもしれないと考えて、拉致したんだろう」

「父はどこかに監禁されているのでしょうか？」

「もしかするとね。きみの親父さんは内部告発に関することは何も喋らなかった。それで犯人側は娘のきみを人質に取って、企業不正を裏付ける資料について口を割らせようと考えたんじゃないだろうか」

「そうだったとしたら、夏目常務の死、父の失踪、わたしの拉致未遂が一本の線で繋《つな》がってきますね」

「そうだな」

「成瀬さん、一連の事件のことをぜひ調べてください。父を見つけ出してくれたら、母と相談して、それなりの成功報酬を差し上げます」

「謝礼については、後日、改めて相談しよう。今夜は風呂に入って、早く寝《やす》んだほうがいいな」

「ありがとうございます」

里奈が頭を下げた。

成瀬はソファから立ち上がり、浴室に足を向けた。

浴槽《よくそう》に湯を張り、玄関ホール寄りの洋室のエア・コンディショナーを作動させる。成瀬はベッドカバーを剝《は》がし、チェストから未使用のパジャマを取り出した。男物だった。あいにく女性用のパジャマはなかった。

成瀬は男物のパジャマを抱え、ゲストルームを出た。洗面所兼脱衣室に急ぎ、洗いざらしのバスタオルの上にパジャマを重ねる。

それから成瀬はリビングに戻り、煙草に火を点けた。里奈と取り留《と》めのない話をしているうちに、風呂が沸《わ》いた。

「あなたが先に入ってください」

里奈が遠慮した。

「おれ、もう少し飲みたいんだ。洗面所兼脱衣室に男物だけど、パジャマを置いてあるから、それを使ってよ」

「何から何まで申し訳ありません。それじゃ、お先にお風呂に入らせてもらいます」

「どうぞ！」

成瀬は笑顔を向けた。

里奈はウールコートとバッグを抱え、いったんゲストルームに消えた。それから彼女は浴室に向かった。

成瀬は自分のグラスに、スコッチ・ウイスキーを注ぎ足した。ふと思い立って磯村のスマートフォンを鳴らしてみたが、通話はできなかった。着信に気づかなかったようだ。

磯村は下北沢か渋谷で、まだ飲んでいるのだろう。

二十数分が経《た》ったころ、里奈が風呂から上がった。

男物のパジャマの袖口《そでぐち》と裾《すそ》は幾重《いくえ》にも捲《まく》り上げられている。化粧を落としたからか、里奈は成瀬と目を合わせようとしない。

「お寝《やす》み！」

成瀬はわざと横を向いて、里奈に声をかけた。里奈は小声で応じ、ゲストルームに引き籠《こも》った。

成瀬はホットウイスキーを飲みつづけた。

ゲストルームから異様な唸《うな》り声が洩れてきたのは小《こ》一時間後だった。成瀬はリビングソファから腰を上げ、里奈のいる部屋に走った。

ドアをノックしたが、応答はなかった。悪夢に魘《うな》されているのか、唸り声だけが響いてくる。

「安達さん、大丈夫？」

成瀬は拳《こぶし》でドアを叩きながら、大声で呼びかけた。

少し経《た》つと、唸り声が熄《や》んだ。里奈がベッドから離れる気配がして、ほどなくドアの内錠が外された。

「入るよ」

成瀬は断ってから、ゲストルームのドアを開けた。すると、里奈が全身で抱きついてきた。

「わたし、怖い夢を見たんです。監禁されてる父が電動鋸《のこぎり》で首を切断されて、わたしは斧《おの》で頭を叩き割られそうになりました」

「夢だったんだから、もう怖がらなくてもいいんだ」

「成瀬さん、わたしのそばにいてくれませんか」

「それはかまわないが……」

成瀬は里奈をベッドに横たわらせた。里奈は瞼《まぶた》を閉じたが、なかなか寝つけない様子だった。

成瀬はベッドに浅く腰かけた。それから間《ま》もなく里奈がむっくりと半身を起こし、成瀬にしがみついてきた。

「わたしを抱いて。また怖い夢を見るような気がして、とても眠れないんです。何かで気を紛《まぎ》らわせたいの」

「いいのかな。そうしてほしいなら……」

成瀬は両手で里奈の頬を挟みつけ、唇を貪《むさぼ》りはじめた。据え膳を喰わなかったら、女心を傷つけることになる。

すぐに里奈が吸い返してきた。成瀬は舌を絡《から》めながら、里奈の上に優しく覆《おお》い被さった。

3

左腕に痺《しび》れを覚えた。

成瀬は眠りから醒《さ》めた。ゲストルームのベッドの中だ。里奈は成瀬に体を密着させて、かすかな寝息をたてている。

どちらも全裸だった。最初の交わりが終わると、二人は別々に風呂に入った。それからシングルベッドに身を横たえた。

里奈は狭いベッドでは寝苦しそうだった。成瀬は自分の寝室に引き揚げようとした。と、里奈は独りになることを厭《いや》がった。成瀬は結局、ベッドから離れられなかった。

添い寝をしているうちに、いつしか里奈は眠りに落ちた。成瀬も寝入った。

里奈が奇声を発して跳ね起きたのは明け方だった。また、怖い夢を見たらしい。成瀬は怯《おび》え戦《おのの》く里奈を力強く抱きしめつづけた。やがて、里奈は寝息をたてはじめた。

成瀬は枕から頭を浮かせ、出窓に目を向けた。レースとドレープのカーテン越しにかすかな光が射《さ》している。

成瀬は里奈の首の下から左腕を引き抜き、サイドテーブルに視線を投げた。腕時計の針は午前九時十三分を指《さ》していた。

「出勤時間を過ぎてるよ」

成瀬は里奈を揺り起こした。

里奈がめざめ、目を擦《こす》った。成瀬は腕時計を摑み上げて、里奈に見せた。

「完全に遅刻だわ」

「大急ぎで身繕《みづくろ》いしなよ。おれの車で会社まで送ってやろう」

「いいんです。きょうは狡《ずる》休みしちゃいます。きのうと同じ服で出社したら、外泊したことが職場のみんなにわかっちゃうでしょ？」

「それもそうだな」

「だから、欠勤することにします。後で、会社に電話をしておきます。それはそうと、成瀬さんには迷惑をかけ通しね。唐突《とうとつ》に抱いてなんて言ったんで、びっくりしたのではありませんか」

「ちょっとね。それだけ怖かったんだろうな」

「ええ、とっても。わたしがお願いしたことなんですから、昨夜《ゆうべ》のことで妙な負い目なんか感じないでくださいね」

里奈が真顔《まがお》で言った。

「これっきりにしたいってこと？」

「別にそういう意味じゃないんです。でも、初めて会った男性とあんなふうになっちゃったわけですので」

「おれは、もっときみと親しくなりたいな。誰か好きな男がいるの？」

「いいえ、いません」

「だったら、おれとつき合ってくれないか」

「でも……」

「こっちはタイプじゃない？」

「そんなことはありません。成瀬さんは男っぽくて、とても素敵です」

「それなら、つき合ってくれよ。きょうから、しばらくここで暮らさないか。例の二人組は自由が丘のマンションの前で当分、張り込む気でいるにちがいない。自宅は危険だよ」

「でも、ここにずっと置いてもらうわけにはいきません。わたし、どこかウィークリーマンションを借りようと思ってるの」

「そう」

「ご迷惑でなければ、後で一緒にわたしの部屋まで来てほしいんです。着替えなんかをバッグに詰めてから、ウィークリーマンションを決めたいの」

「いいよ。それじゃ、あり合わせのもので朝食をこしらえてやろう」

「わたしが作ります」

「いいんだよ、きみは客なんだから。もう少し寝てろって」

成瀬はベッドから出て、急いで衣服をまとった。ゲストルームを出ると、洗面所兼脱衣室に直行した。

成瀬は洗顔を済ませ、まずコーヒーを沸《わ》かした。冷蔵庫を覗《のぞ》くと、ハムと卵があった。プチトマトとアスパラガスも残っていた。成瀬は二人分のハムエッグとサラダを作り、イングリッシュ・マフィンを焼きはじめた。

そのとき、里奈がダイニングキッチンに入ってきた。服は着ていたが、まだ化粧はしていない。それでも、充分に美しかった。

「いま、会社に電話をしておきました。それはそうと、何かお手伝いさせて」

「もう用意はできたんだ。顔を洗ってきなよ」

成瀬は言った。

里奈が済まなそうな顔でうなずき、洗面所に向かった。

成瀬はサラダを添えたハムエッグをダイニングテーブルに置き、マフィンにバターとチーズを塗った。二つのマグカップにコーヒーを注ぎ、先に食卓に着いた。

少し待つと、里奈が洗面所兼脱衣室から出てきた。

薄化粧していた。そのせいか、目鼻立ちがくっきりと見えた。

二人は差し向かいで、朝食を摂《と》りはじめた。照れ臭いのか、里奈はほとんど目を伏せていた。

食べ終えると、すぐに成瀬は外出の支度《したく》をした。シェーバーで髭《ひげ》を剃《そ》り、黒いタートルネック・セーターの上にカーキ色のダウンジャケットを重ねる。下はオフホワイトの厚手のチノクロスパンツだった。

二人は十時半ごろ、部屋を出た。エレベーターで地下駐車場に降り、ジャガーFタイプに乗り込む。

「凄い外車に乗ってるんですね」

助手席で、里奈が言った。

「ある仕事で少しまとまった金が入ったんだよ。そのとき、この車を買ったんだ」

「すごいわ。まだ三十代の前半でしょ？」

「もう三十八だよ」

「もっと若く見えます」

「こっちは頭が空っぽだからな」

「そんな……」

「きみは二十四か、五だろう?」

「去年の暮れに二十五歳になりました。もうお肌の曲がり角です」

「いや、まだ弾力性を保《たも》ってるよ。おっぱいなんかラバーボールみたいだった」

「成瀬さんったら」

「ごめん。ちょっとおじさん入ってたな」

成瀬は微苦笑《びくしょう》して、車を発進させた。

住宅街を抜け、山手《やまて》通りに出る。ジャガーは五反田《ごたんだ》方向に進み、目黒通りに入った。

「父を見つけ出してくれたら、二百万円ぐらいは差し上げられると思います。わたし自身の貯金は百万ちょっとしかないんですけど、足りない分は母に出してもらいますので」

「おれたちは、もう他人じゃないんだ。成功報酬なんかいらないよ」

「そういうわけにはいきません。謝礼はちゃんと受け取ってほしいの。わたし、他人《ひと》に借りを作るのが嫌いなんですよ」

「わかった。それじゃ、成功報酬は五十万円ってことにしよう」

「それで割に合うんですか？」

「ああ。必要経費は別途《べっと》いただくってことで、どうだろう？」

「成瀬さん、あまり無理はなさらないで」

「いいんだよ。リッチな依頼人から、がっぽりいただいてるから」

「なんだか悪いけど、調査をお願いします」

「了解！　親父さんが夏目常務から何か預かった可能性はありそうだな。ちょっと実家に電話をして、おふくろさんにそのあたりのことを訊いてみてくれないか」

「はい」

里奈がバッグからスマートフォンを取り出し、すぐ発信ボタンを押した。電話の遣《や》り取りは短かった。

「そういう気配はなかったって？」

成瀬は先に口を開いた。

「ええ」

「そうか。きみは夏目常務の奥さんとは面識があるの？」

「二、三度、用賀のお宅に伺《うかが》ったことがあります。そのとき、奥さまとお目にかかっているの」

「それじゃ、着替えを詰めたら、おれを夏目邸に案内してくれないか。故人の奥さんに会って、いろいろ話を聞きたいんだ」

「わかりました」

里奈が口を結んだ。

成瀬は運転に専念した。十数分後、里奈の自宅マンションに着いた。怪しい二人組の車は見当たらない。

「張り込まれてないみたいね」

里奈が、ほっとした表情で言った。男女の関係になってから、二人はだいぶ打ち解けていた。

「しかし、まだ安心しないほうがいいな」

「そうですね。わたしの部屋は三〇一号室なの」

「部屋の前まで一緒に行くよ」

成瀬は車を路肩《ろかた》に寄せると、里奈とともに外に出た。エレベーターで三階に上がる。

不審な人影はなかった。

「服の着替えもあるだろうから、おれは部屋の前で待ってる」

「できるだけ早く手荷物をまとめます」

里奈がそう言って、慌《あわ》ただしく三〇一号室の中に入っていった。

成瀬は喫煙したくなったが、歩廊《ほろう》には紙屑《かみくず》ひとつ落ちていない。吸殻《すいがら》を棄《す》てる場所はなかった。電子煙草は嫌いだった。成瀬は煙草を喫《す》うことを諦《あきら》め、足踏みしはじめた。

十分ほど経《た》つと、里奈が自分の部屋から出てきた。プラダの黒いバッグを提《さ》げていた。大きく膨らんでいる。いかにも重たげだ。

「持ってやろう」

成瀬はバッグを里奈の手から捥《もぎ》取って、エレベーター乗り場に急いだ。

二人はジャガーの中に戻った。プラダの黒いバッグは後部座席の上に置いた。

「これが父です」

里奈が象牙色《ぞうげいろ》のハーフコートのポケットから、一葉《いちよう》のカラー写真を抓《つま》み出した。成瀬は写真を受け取り、被写体を見た。

安達隆行は知的な面立《おもだ》ちをしている。髪はロマンスグレイだった。目のあたりが娘の里奈とよく似ていた。

「その写真、あなたに預けます。調査のときに役立てて」

「それじゃ、預からせてもらおう」

成瀬は写真を懐に仕舞うと、ジャガーを走らせはじめた。閑静な住宅街を走り抜け、用賀に向かう。

夏目宅に着いたのは正午過ぎだった。

二人は車を降り、洒落《しゃれ》た造りの二階家の前に立った。里奈がインターフォンを鳴らしたが、スピーカーは沈黙したままだった。

「奥さま、近くに買物に出たのかしら？」

「そうなのかな。少し待ってみよう」

成瀬は言って、先にジャガーの運転席に入った。すぐに里奈が助手席に乗り込んできた。

「常務の後釜《あとがま》は、もう決まったの？」

「ううん、まだ正式な辞令は下りてないはずよ。いま現在は、関大輔《せきだいすけ》という秘書室室長が常務の代行をしてるんです。わたしの直属の上司なの」

「いくつなんだい？」

「四十三だったと思うわ。関室長は、夏目常務が販売促進部長をやっていたころの腹心の部下だったんです。抜群の営業力を買われ、とんとん拍子に昇進して秘書室室長に抜《ばっ》擢《てき》されたの」

「死んだ夏目常務は、その関という男をかわいがってたのかな」

「ええ。二人でちょくちょく六本木の『麗《れい》』というクラブに飲みに行ってたみたい」

「そう。関氏に会えば、何か手がかりを得られるかもしれないね」

「なんなら、わたしが引き合わせましょうか？」

「いや、それは避けたいな。きみが一緒だと、関氏は夏目常務の女性関係なんかは喋らないだろうから」

「あっ、そうでしょうね」

「関氏には、おれが個人的に接触するよ」

成瀬は里奈に断って、セブンスターに火を点けた。

三十分が経過し、一時間が流れた。だが、未亡人はいっこうに帰宅しない。午後二時半まで待ってみたが、ついに待ち人は姿を見せなかった。

「奥さま、遠くに出かけたのかもしれないわ」

里奈が溜息混《ためいきま》じりに言った。

「下の娘は大学院生だったね？」

「ええ。でも、娘さんは常務の仕事に関することは知らないんじゃないかしら」

「だろうね。それじゃ、出直すことにしよう。きみの塒《ねぐら》を定めないとな。確か参宮橋《さんぐうばし》に小綺麗《こぎれい》なウィークリーマンションがあったはずだ。そこに行ってみる？」

「ええ、連れてってください」

「オーケー」

成瀬はジャガーのシフトレバーをD《ドライブ》レンジに入れた。オートマチック車だった。

三十分そこそこで、参宮橋のウィークリーマンションに着いた。運よく空き室が五部屋もあった。

里奈は、その一室を一週間借りた。管理会社の者に保証金を渡し、部屋の鍵《キー》を受け取った。

借りた部屋は四〇二号室だった。成瀬は里奈と部屋に入った。

ホテル仕様《しよう》で、ベッドや冷蔵庫が備《そな》えられている。十畳ほどのスペースだ。もちろん、バスとトイレ付きだった。

「差し当たって日々の暮らしに不便はなさそうだな。小さいながらも、シンクもガス台もある。その気になれば、自炊もできるな」

「そうね」

「少し横になったほうがいいよ。おれは、ちょっと動いてみる」

「お願いします」

二人は互いのスマートフォンのナンバーを教え合った。それから間もなく、成瀬は四〇二号室を出た。ジャガーに乗り込んでから、相棒の磯村に電話をかける。

「よう、成《なる》やん！　きのう、電話したんだ」

「ええ。かけ直したんですが、繋《つな》がらなかったんですよ。磯《いそ》さん、忙しいの？」

「厭味な言い方するなよ。あんまり退屈なんで、また小説を書きはじめてるんだが、思うように筆が進まなくてね。酒の誘いなら、いつでもつき合うよ」

磯村が、にわかに声を弾ませた。

「これからは、ちょくちょく飲むことになると思うな。磯さん、偶然なんだけど、おれ、金になりそうな事件にぶつかったんですよ」

「ほんとかい⁉　そいつはありがたいね。懐がかなり淋《さび》しくなってきたからな。で、どんな事件なんだい？」

「内部告発絡みの殺人事件っぽいんですよ」

成瀬はそう前置きして、経緯《いきさつ》を語った。

「こっちの出番があったら、いつでも声をかけてくれ」

「そうさせてもらいます。とりあえず、これから『豊栄フーズ』の関という秘書室室長に会ってみようと思ってるんですよ」

「そう。成やん、うまくやろうや。金も欲しいが、悪人狩りは気分がスカッとするからね。あの快感を一度味わったら、もう病《や》み付きだよ」

「そうですね」

「体中の細胞が膨れ上がりそうだよ。おっ、武者振るいも出そうだ」

磯村がさも愉《たの》しげに言い、先に通話を切り上げた。

成瀬はスマートフォンを懐に戻すと、エンジンを始動させた。

4

受付嬢が内線電話をかけ終えた。

丸の内にある『豊栄フーズ』本社の一階ロビーだ。成瀬は、秘書室室長の関大輔との面会を求めたのである。

「関はすぐ参りますので、応接ソファにお掛けになってお待ちください」

細面《ほそおもて》の受付嬢がにこやかに言った。

成瀬は礼を述《の》べ、玄関ロビーの一隅にある応接コーナーに歩み寄った。ソファセットが四組ほど並んでいたが、誰もいなかった。

成瀬は最も手前のソファに腰かけた。少し待つと、エレベーターホールの方から四十代前半の細身の男がやってきた。

茶色のスーツをきちんと身につけている。ネクタイは、草色を基調にした柄物だった。知的な容貌《ようぼう》で、縁なしの眼鏡《めがね》をかけている。関室長だろう。

成瀬は立ち上がって、歩み寄ってくる四十年配の男に会釈《えしゃく》した。相手が目礼し、如才《じょさい》なく問いかけてきた。

「成瀬さんですね？」

「ええ」

「初めまして、関です」

「アポなしで伺いまして、申し訳ありません」

成瀬は名刺を差し出した。肩書のない名刺だった。関も懐から黒革の名刺入れを取り出した。

名刺交換が済むと、二人は向き合う形でソファに坐った。

「亡くなられた夏目常務のお知り合いだとか？」

関が先に口を開いた。

「ええ、そうなんですよ」

「どういったお知り合いなんでしょう？」

「実は夏目さんと出身大学が同じなんです。それほど親しかったわけではなかったのですが、何度か酒を酌《く》み交わしたことがあるんですよ」

成瀬は、嘘《うそ》を澱《よど》みなく喋った。

「大学の同窓パーティーか何かで夏目さんと知り合われたんですか？」

「いいえ、渋谷の酒場でたまたま隣り合わせに坐ったことで口をきくようになったんですよ」

「そうなんですか。それで、ご用件は？」

「去年の十一月十六日に轢き逃げされた夏目さんの事件を個人的に調べてみようと思ってるんですよ」

「あなたは、フリージャーナリストか何かなのかな」

「いいえ、フリーの調査員です」

「とおっしゃると、探偵さん？」

「ええ、まあ。といっても、今回の調査には依頼人はいないんですがね。生前、夏目先輩に酒を奢《おご》ってもらったりしてたんで、恩返しの真似事《まねごと》をする気になったわけです」

「まだお若いのに、律儀《りちぎ》な方だな」

「そんな立派な話じゃないんです。本業の依頼がないんで、時間潰《つぶ》しに犯人捜しをしてみる気になっただけなんですよ」

「そうなんですか。警察はいったい何をやってるんでしょうね。このまま轢き逃げ犯が捕まらなかったら、夏目さんは成仏《じょうぶつ》できないでしょう。故人にはだいぶ目をかけていただいたから、全面的に協力させてもらいます」

「それは、ありがたいな。早速ですが、犯人に心当たりは？」

「いろいろ推測してみたのですが、思い当たる人物は残念ながら……」

「そうですか。実は、夏目先輩は『豊栄フーズ』の不正を内部告発する気だったのではないかという噂《うわさ》を耳にしたんです」

「内部告発ですって⁉」

関が声を裏返らせた。

「ええ、そうです。噂によると、『豊栄フーズ』さんがビーフジャーキー用の輸入牛肉約百二十トンを国産牛肉と虚偽の申請をして、全国食肉事業協同組合連合会から一億数千万円を騙《だま》し取ったとか。それから無認可の添加物を大量に使用して、食材の牛産地も偽ってるという話でした。夏目先輩は、そうした企業不正を内部告発する準備をしていたというんですよ」

「情報源を教えてくれませんか？」

「ニュースソースを明らかにするわけにはいかないんですよ。それだけは、どうか勘弁してください。それよりも、どうなんでしょう？」

成瀬は促《うなが》した。

「あなたが耳にされた噂は悪質なデマですよ。そうした不正の事実はありません。おおかたライバル社の『旭明食品《きょくめい》』あたりが、根も葉もない話を業界や金融筋に流したんでしょう。あの会社と『豊栄フーズ』は十年以上も前から鎬《しのぎ》を削ってきましたからね。過去に二度ほど業界三位の位置を奪われたことがありましたが、『旭明食品』はずっと四位に甘んじてるんですよ」

「何も不正行為はなかったとおっしゃるんですね？」

「当たり前じゃないですか。『豊栄フーズ』は創業七十年の大手なんです。他人様《ひとさま》から後ろ指を指《さ》されるような商売はしてませんよ」

関が憤然《ふんぜん》と言った。

「不愉快な思いをさせてしまって申し訳ありません。こちらに悪意はなかったんですよ。噂の真偽を確かめたかっただけなんです」

「ええ、わかっています。わたしのほうこそ、つい感情的になってしまいました」

「それだけ愛社精神がお強いんでしょう」

「ええ、まあ。わたしは、この会社に育てられたと感謝しています。だから、中傷は赦《ゆる》せなかったのです」

「お気持ち、よくわかります。内部告発が殺害の動機でないとしたら、夏目先輩は社内派閥争いにでも巻き込まれたんですかね。聞くところによると、夏目先輩は社長派の勝又専務とは反《そ》りが合わなかったとか？」

「そういう事実があったことは否定しません。しかし、夏目さんは副社長派に属してたわけじゃなかったんです。社長派と副社長派の対立の犠牲になったとは考えにくいですね。もちろん、面倒見のよかった夏目さんが部下たちの恨《うら》みを買ったなんてこともあり得ないでしょう」

「そうですか。これも情報源は明かせないんですが、夏目先輩は関さんとちょくちょく六本木の『麗』というクラブに飲みに行ってたそうですね？」

「ええ、それは事実です。その店のママは五年前まで銀座のクラブにいたんですよ。取引先の接待にその店をよく使っていたんです、夏目さんがね。そんなことで、『麗』にも行くようになったんです」

「接待用の店だったんですね？」

成瀬は畳みかけた。

「たまに接待にも使ってたようですが、わたしたち部下のガス抜きの場として……」

「そうですか。ママの名前は？」

「石岡志保《いしおかしほ》さんです。三十三歳だったかな。二十代の初めに着物のモデルをやってたそうです」

「ということは、和風美人なんだろうな」

「ええ、そうですね」

「夏目先輩は、その志保というママに好意を持ってたんでしょうか」

「多分、好きだったんでしょう。ひとりでも通ってたみたいですのでね。しかし、志保ママにはパトロンがいるようですから、男と女の関係じゃなかったんでしょう」

「そうだとしたら、痴情《ちじょう》の縺《もつ》れということはなさそうだな」

「ええ、それはないと思います」

「夏目先輩の女性関係で、ほかに何かご存じですか？」

「いいえ、知りません」

「そうですか。夏目先輩はマスコミ関係者に知り合いがいませんでしたか？」

「さあ、どうなんですかね。そのあたりのことはよくわかりません。夏目さんの奥さまに会われたら、何か手がかりを得られるんじゃないのかな」

「実は、こちらに来る前に用賀の自宅を訪ねたんですよ。しかし、あいにく留守でした」

「そうだったんですか」

関がそう言い、ちらりと腕時計を見た。あまり時間がないらしい。

成瀬は関に謝意を表し、先に腰を上げた。関に見送られ、『豊栄フーズ』の本社ビルを出る。

ジャガーは裏通りに駐《と》めてあった。そこまで大股で歩く。

車に乗り込んだとき、スマートフォンに着信があった。すぐに成瀬はスマートフォンを耳に当てた。

「わたしです」

里奈だった。

「いま、関氏と別れたところだよ。残念ながら、これといった収穫はなかった」

「そうなの。わたしの父が一週間前から失踪中だってこと、関室長に話しました？」

「いや、親父さんのことにはわざと触《ふ》れなかったんだ。きみがそのことを会社の連中には打ち明けてないと思ったんでね」

「ええ、その通りなんです。父の失踪はプライベートなことなので、職場の人たちには何も話してないの」

「余計なことを言わなくてよかったな。それはそうと、何か用があったんだろう？」

「ええ。ついさっき、夏目常務のお宅に電話をしてみたの。そうしたら、奥さまは外出先から戻ってらしてたんです。それで、あなたのことを話しておいたので……」

「そいつは助かるな。それじゃ、これから用賀に行ってみるよ」

「わたしも一緒に行きましょうか？」

「いや、ひとりで大丈夫だよ。何かわかったら、きみに連絡する」

成瀬は電話を切ると、ただちに車を走らせはじめた。

夏目邸に着いたのは午後六時過ぎだった。成瀬はジャガーを生垣《いけがき》の際《きわ》に駐《と》め、インターフォンを押した。ややあって、スピーカーから中年女性の声が流れてきた。

「どちらさまでしょう？」

「成瀬と申します」

「あなたのことは安達里奈さんから聞いています。どうぞお入りください」

「それでは、お邪魔させてもらいます」

成瀬は門扉《もんぴ》を潜《くぐ》り、アプローチを進んだ。

ポーチに達したとき、玄関から五十歳前後の上品な女性が現われた。

「夏目総子《ふさこ》です」

「突然、お訪ねしまして、申し訳ありません」

「いいえ。わたしも、安達さんの安否《あんぴ》が気がかりだったんですよ。何かお役に立てればと思っています」

「よろしくお願いします」

成瀬は一礼して、玄関に入った。

通されたのは玄関ホールに面した応接室だった。未亡人は緑茶を淹《い》れると、成瀬の前に坐った。

「お話を聞かせてもらう前に、亡くなられたご主人にお線香を上げさせてもらえますか？」

「ええ、どうぞ」

総子が腰を上げ、案内に立った。

導かれたのは奥の仏間だった。成瀬は仏壇の前に正坐し、遺影を見上げた。故人は紳士然とした面差《おもざ》しだった。成瀬は線香を立て、遺影に手を合わせた。合掌《がっしょう》を解《と》くと、斜め後ろに控えた未亡人が型通りの挨拶《あいさつ》をした。

二人は仏間を出ると、応接間に戻った。家の中はひっそりとしている。大学院生の娘はまだ帰宅していないようだ。

「その後、捜査に進展は？」

成瀬は問いかけた。

「捜査は難航しているようです。早く犯人が逮捕されることを願ってるんですけどね」

「そのうち轢き逃げ犯は必ず捕まりますよ」

「そうだといいのですけど……」

「ご主人が会社の不正を内部告発する気だったのではないかという情報をキャッチしたんですが、何かご存じでしょうか？」

「夏目は家庭に仕事のことは持ち込まない主義だったんですよ。それでも去年の初秋ごろから、何か思い悩んでる様子でした。それでわたし、夫に会社のことで心配事があるのかと訊いてみたんです」

「ご主人は、どうおっしゃっていました？」

「社内で消費者を裏切るような不正が密《ひそ》かに行われている疑いがあるんだと申しておりました。具体的なことは何も教えてくれませんでしたけどね」

「そうですか」

「夫は何か内部告発しようとして、命を奪われることになったのかしら？」

「そうなのかもしれません。奥さん、もう遺品の整理は？」

「納骨が済んでから、ざっと整理しました」

「そのとき、会社関係の書類やＵＳＢメモリーは見つかりませんでした？」

「そういった物は何も……」

「そうですか。ご主人が存命中、こちらのお宅に脅迫状の類《たぐい》が届いたことは？」

「わたしが知る限りでは、そういう手紙は届いていません。ただ、何度か不審な電話がかかってきました」

総子が言った。

「脅迫電話だったんですか？」

「無言電話でした。わたしが電話口に出ると、相手はすぐに電話を切ってしまいました」

「間違い電話だったら、詫《わ》びてから受話器を置きますよね。厭《いや》がらせの無言電話だったんだろうか」

「そうだったのでしょうけど、もしかしたら、女性からの電話だったのかもしれません。

夫には、外に好きな女性がいたようなんです」

「浮気をされていたという確証でもあったんですか？」

「ええ、まあ。月に一度ぐらいの割で朝帰りをしてたのですけど、そのときはきまって家で使ってるボディーソープとは違う匂いを漂わせていました。男の浮気ぐらいで騒ぎ立てるのはみっともないので、わたしは何も気づかない振りをしていましたけどね。無言電話がかかってきたのは、きまって休日の夜でした」

「そうですか」

成瀬は茶を啜《すす》った。

『麗』のママはパトロンの目を盗んで、夏目とも親密な関係をつづけていたのだろうか。そうだったとしたら、石岡志保から何か探《さぐ》り出せそうだ。

「夫の親友の安達さんから近々、伺いたいという電話をいただいたのは一週間前のことだったと思います。しかし、結局、いらっしゃいませんでした」

「電話で話されたとき、安達氏はほかに何か言ってませんでした？」

「特におっしゃっていませんでしたね」

「そうですか」

「安達さんの失踪と主人の死はリンクしているのでしょうか？」

「その可能性はあると思います。ご主人の知り合いに新聞記者、テレビ局の報道部記者、検事といった職業の方はいました？」

「いいえ、いません」

未亡人が答えた。これ以上粘っても、あまり意味はなさそうだ。

成瀬は話が途切れると、暇《いとま》を告げた。どこかで腹ごしらえをしたら、六本木のクラブを覗くつもりだ。

第二章　怪しいライバル役員

1

客は疎《まば》らだった。

まだ時刻が早いせいだろう。午後八時半を過ぎたばかりだ。

クラブ『麗』である。店は六本木四丁目の飲食店ビルの三階にあった。

成瀬は黒服の若い男に導かれ、中ほどの席に着いた。目立たない席に四人のホステスが坐《すわ》っている。いずれも若くて美しい。

接客中のホステスは五人だった。ママらしき女性の姿は見当たらない。

「お客さまは初めてでいらっしゃいますよね？」

「そう。ここは会員制なのかな」

「一応、そうなっていますが、一見《いちげん》のお客さまも大歓迎です」

「それじゃ、軽く飲ませてもらおう。オールドパーをボトルで……」

「かしこまりました。失礼ですが、お名前は？」

黒服が遠慮がちに訊《き》いた。成瀬はありふれた姓名を騙《かた》った。

「鈴木一郎《すずきいちろう》さまですね？」

「そう」

「すぐに女性をお席に呼びます。お好みの女性は？」

「誰でもいいよ」

「承知しました」

黒服の男が遠のいた。

待つほどなく二人のホステスがやってきた。ともに二十三、四歳だった。

「いらっしゃいませ。初めまして、渚《なぎさ》です」

枯葉色《かれはいろ》のスーツを着たグラマラスな女が愛嬌《あいきょう》たっぷりに笑い、成瀬のかたわらに腰かけた。

もうひとりのホステスは、どこか翳《かげ》りがあった。ブランド物でも買い漁《あさ》って、消費者金融の取り立てに苦しめられているのか。それとも、男関係の悩みがあるのだろうか。

小夜子《さよこ》という源氏名《げんじな》だった。

ボーイがスコッチ・ウイスキーやグラスを運んできた。

渚が手早く水割りを作った。成瀬は、二人のホステスに好きな飲みものを振る舞った。

どちらもカクテルを注文した。

「ただのサラリーマンじゃないんでしょ？」

渚がくだけた口調で訊《き》いた。

「おれは、お払い箱にされた元ホストだよ」

「それは嘘《うそ》ね。ホストは全員、女性たちに媚《こ》びてるようで、その実、相手を小ばかにしてるの。でも、お客さんは芯《しん》から女性が好きそうな感じだもの。ね、小夜子ちゃん？」

「そうね」

小夜子が上《うわ》の空《そら》で調子を合わせた。作り笑いが何か痛々しかった。

「お客さんのお仕事、当ててみましょうか？」

「当てたら、フランス製のランジェリーセットをプレゼントするよ」

成瀬は渚に言った。

「アクション俳優か、空手の先生なんじゃない？」

「外れだ。ペナルティーとして、いま穿いてるパンティーを貰《もら》うかな」

「面白いお客さんね。わたし、陽気な酒飲みは大好きよ」

「そう。それじゃ、今夜は渚ちゃんをお持ち帰りだ」

「どうぞテイクアウトなさって」

渚がおどけて、成瀬にしなだれかかった。

ちょうどそのとき、五人の客がなだれ込んできた。常連客の商社マンたちらしい。

待機していたホステスたちが彼らの席に侍《はべ》り、間もなくして小夜子も同じテーブルに移った。

「お客さん、何してる男性《ひと》なの？」

渚が真面目《まじめ》な顔つきで訊《き》いた。

「昔はスタントマンをやってたんだが、いまはニートだよ」

「嘘ばっかり！　ニートがこういう店で飲めるわけないでしょ？」

「少し親の遺産が転がり込んだんだ。だから、働かなくても喰《く》えるんだよ」

成瀬は、でまかせを口にした。急に渚が目を輝かせる。

「優雅なのね。羨《うらや》ましいわ。わたしなんか、いっつも貧乏してるの」

「ある時期、ホスト遊びにハマってたんじゃないのか？」

「やだ、わかっちゃった？」

「わかるさ。どのくらいお気に入りのホストに貢《みつ》いだの？」

「ちゃんと計算したことないけど、二千万は注《つ》ぎ込んだと思うわ。その彼、イケメンじゃなかったんだけど、とにかく優しかったのよ」

「そう」

「同じ夜の仕事だから、わたしたちの辛《つら》さを理解してくれてたの。それで、いつか一緒に暮らそうとも言ってくれた。だけど、彼は自分を指名してくれる客たち全員にまったく同じことを言ってたんですよ」

「よくある話だな」

「ええ、そうね。でも、わたしなんかまだいいほうです。彼にぞっこんだった風俗嬢なんか闇《やみ》金融からお金を借りて、五千万円近くも貢いでたらしいの。ソープの娘《こ》も三、四千万注ぎ込んだって話よ」

「その彼は、まだ同じホストクラブにいるのか？」

成瀬は問いかけ、セブンスターをくわえた。すかさず渚が赤漆塗《あかうるしぬ》りのデュポンのライターを鳴らす。

「ううん。もうこの世にはいません。カモにされた風俗嬢が彼を出刃庖丁《でばぼうちょう》で刺し殺しちゃったのよ。その彼女はペニスを切断して、それをくわえながら、雑居ビルの屋上から飛び降り自殺したんですって」

「シュールな死に方だな」

「死んだ彼女は、殺した相手に人生のすべてを賭《か》けてたんでしょうね」

渚がしんみりと言った。

「そうだったんだろうな。それにしても、哀《あわ》れな女だ」

「ええ、そうね。相手を殺すことでしか、好きな男を独占できなかったわけだから。愚かで哀《かな》しい結末だけど、彼女は自分の人生にきっちりと決着《オトシマエ》をつけたんじゃない？」

「その点は立派だな」

成瀬は短くなった煙草《たばこ》の火を揉《も》み消し、飲みかけの水割りを一息に呷《あお》った。渚がお代わりをこしらえながら、自嘲《じちょう》的な言葉を洩《も》らした。

「わたしはそこまで男にのめり込めないわ。相手に尽くしたら、やっぱり何らかの見返りを求めたくなっちゃうもの。わたしって、計算高い女なんですかね」

「たいていの人間はそうだよ。無償の愛なんて単なる独りよがりの思い込みか、稚《あさな》い幻想さ」

「そうなんでしょうね。わたしたち、話が合うじゃない。そうは思いません？」

「多分、体も合うんじゃないか？」

「きゃは！　話はコロッと変わるけど、このお店のことは誰から聞いたの？」

『「豊栄フーズ』の常務だった夏目先輩に、このクラブのことを教えてもらったんだよ。おれ、夏目さんと大学が同じだったんだ」

「そうだったの。なら、夏目さんが去年の十一月に自宅近くの路上で轢《ひ》き逃げに遭《あ》ったことも知ってますよね」

「もちろん、知ってる。夏目先輩の死は、すごくショックだったよ。いろいろ世話になった恩人だったからな」

「本当に気のいい方だったわ。わたし、夏目常務のことは大好きでした。といっても、恋愛感情を懐《いだ》いてたわけじゃありませんけどね」

「夏目先輩は、ここのママに惚《ほ》れてたようだな」

　成瀬は、さりげなく探《さぐ》りを入れた。

「志保ママも夏目常務のことは好きだったみたいですよ。でも、堂々と愛人関係にはなれない事情があったの」

「ママには、パトロンがいるんだ？」

「ええ、まあ」

　渚が声を潜《ひそ》めた。

「ママは、まだ店に来てないんだろう？」

「ええ。きょうは、常連さんと同伴出勤することになってるんです。そういうおつき合いも大事でしょ、水商売は」

「そうだな。ところで、ママのパトロンはどんな男なの？」

「お医者さんよ。もう七十近いんだけど、とても元気なの。月に一度ぐらいは、お店に見えます。だけど、お店の中では絶対にママとべたついたりしないの」

「それがパトロンのマナーだからな」

「でも、逆にママとパトロンの関係がみんなにわかっちゃうんです。だって、不自然でしょ？」

「まあ、そうだな。夏目先輩とパトロンが店で鉢合わせしたことはある？」

「二、三度ありました。でも、二人とも大人だから、ライバル意識を剝《む》き出しにするようなことはなかったわ」

「だろうな。パトロンは都内に住んでるの？」

「ええ、杉並在住よ」

「名前は？」

「唐島誠一《からしませいいち》さんよ。お客さま、もしかしたら、探偵社の方？」

渚が警戒心を露《あらわ》にした。

「違うよ。あんまり退屈なんで、夏目先輩の事件を個人的に調べてみようと思ってるだけなんだ。ほら、まだ轢き逃げ犯が逮捕されてないだろう?」

「ええ、そうですね」

「このまま事件が迷宮入りしちゃったら、殺された者は無念じゃないか。だから、素人探偵の真似事《まねごと》をする気になったんだよ」

「そうなの。わたしも早く犯人に捕まってほしいから、知ってることは何でも話すわ」

「それは助かるな。ここには、『豊栄フーズ』の社員がよく来るんだろう?」

「夏目さんが生きてらしたときは、大勢いらしてたわ。たいがい夏目常務が引き連れてきてたんですけどね」

「そう。いまも夏目先輩の部下たちは飲みに来てる?」

「いまは秘書室室長の関さんが来るだけですね。関さんのこと、ご存じ?」

「ああ、知ってるよ。夕方、『豊栄フーズ』の本社を訪ねて関氏に会ってきたんだ」

「そうなの」

「彼は夏目先輩にだいぶ目をかけられてたようだな」

「そうだったみたいね。でも、わたしは関室長のこと好きじゃないんです。裏表があって、どこか信用できないところがあるの。夏目常務の腹心の部下を演じてたけど、なんか胡散《うさん》臭かったんですよ。それから……」

「言いかけたことを喋《しゃべ》ってくれないか。聞いた話は口外しないよ」

成瀬は粘《ねば》った。

「絶対に他言しないでくださいね？」

「ああ、わかった」

「なら、こっそり教えてあげる。関室長は夏目常務が先に帰ったとき、必ずママに言い寄ってたんです」

「ママの反応は？」

「軽くあしらってたけど、まんざら悪い気はしなかったんじゃないかな。ママは多情というか、多くの男性にちやほやされたいタイプですから」

「だとすると、ママはパトロンの目を盗んで関氏とも……」

「そのへんのことはわからないけど、ママは関室長を嫌ってないことは確かね」

渚がそう言い、カクテルグラスを口に運んだ。

成瀬も水割りウイスキーを口に含んだ。グラスをコースターに戻したとき、初老の男と連れ立った和服姿の女性が店に入ってきた。

瓜実顔《うりざねがお》で、切れ長の目をしている。項《うなじ》や頬《ほお》のあたりに色香がにじんでいた。

「あれがママよ。後で紹介します」

渚が小声で言った。

石岡志保は連れの男性を出入口に近いボックスシートに坐らせると、フロアマネージャーに目配せした。フロアマネージャーが小夜子のいる席に急ぎ、何か彼女に耳打ちした。小夜子が立ち上がり、初老の男の席に着いた。その表情は暗かった。

「ママと同伴出勤した男性は、小夜子ちゃんの世話をしたがってるの。だけど、小夜子ちゃんは愛人になる気はないみたい」

「そうなのか」

成瀬は短く応じ、ママの志保に目を向けた。

志保は奥の客たちに笑顔で挨拶《あいさつ》をしていた。白っぽい着物は江戸小紋《こもん》か。正絹《しょうけん》帯は抹茶色《まっちゃいろ》だった。アップに結い上げた髪の下は、みごとな富士額だ。

奥二重の目はどこか妖艶《ようえん》だった。志保は時々、小首を傾《かし》げて、客たちに流し目をくれる。ぞくりとするほど色っぽかった。

「ママは若いころ、着物のモデルをしてたの。だから、着こなしが上手でしょ？」

「そうだな」

「ママは絶対に和装用の下穿《したば》きなんか身につけないの。裾捌《すそさば》きがうまいから、そういうことができるのよね。わたしが着物を着たら、ぐすぐすになっちゃって、裾も大きく乱れちゃう。和装用のショーツを穿かなかったら、太腿《ふともも》の奥まで見られちゃいそうで、とっても落ち着かないんです」

「だろうね」

会話が途絶えたとき、志保が成瀬のテーブルに歩み寄ってきた。

すると、渚が志保に話しかけた。

「ママ、こちらのお客さま、夏目常務の大学の後輩なんですって」

「鈴木といいます。亡くなった夏目先輩には、何かとお世話になったんですよ」

成瀬は志保に笑顔を向けた。ママが名乗り、向き合うソファに浅く腰かけた。

「わたしも夏目さんには、ごひいきにしていただきました」

「ママのことは、よく先輩から聞かされてましたよ」

「あら、そうですか。夏目さんがあんな形でお亡くなりになったのは、とてもショックでした」

「こっちはテレビのニュースで先輩の死を知ったんですが、一瞬、自分の耳を疑いましたよ」

成瀬は言って、目を伏せた。志保も下を向いた。

そのとき、渚がトイレに立った。彼女の後ろ姿が見えなくなると、成瀬は前屈《まえかが》みになった。

「実はわたし、調査関係の仕事をしてるんですよ」

「そうなんですか」

「先輩を轢き殺した犯人がまだ捕まらないので、個人的に事件のことを調べているんです。そこでママに教えてほしいんですが、夏目先輩は『豊栄フーズ』の不正を内部告発する気だったんでしょ？」

「内部告発って？」

志保が訊き返した。

「そんなふうに警戒しないでくださいよ。夏目先輩とママが特別な間柄であることはわかってるんですから」

「いやだわ、誰がそんないい加減なことを言ったのかしら？　夏目さんには人生相談に乗っていただきましたけど、男女の関係じゃありませんでした」

「パトロンの唐島氏に余計なことは言わないから、正直に答えてほしいな」

「なぜ、あなたがパパの名前まで知ってらっしゃるの⁉　渚ちゃんから探《さぐ》り出したんですね」

「そうじゃない。こっちは調べ屋なんです。あなたの交友関係を調べることなんか朝飯前なんだ」

「…………」

「先輩とは、できてたんでしょ？」

「ええ、まあ。でも、そのことは誰にも言わないでくださいね。お願いします」

「わかってますよ。で、内部告発の件ですが、あなたは先輩から何か聞いてたんでしょ？」

「『豊栄フーズ』の勝又専務が独断で輸入牛肉約百二十トンを国産牛肉と偽って、全国食肉事業協同組合連合会から一億数千万円を仮払いさせた疑いがあるという話は夏目さんから聞いた覚えがあります。えーと、それから会社が無認可の添加物を大量に使用したり、食材の生産地の偽装表示をしてるかもしれないという話も聞きました」

「先輩から話を聞いただけじゃないんでしょ？　あなたは、内部告発を裏付ける資料やUSBメモリーなんかを一時預かったことがあるんじゃないんですか？」

　成瀬は追及した。

「そういった物は何も預かっていません」

「本当に？」

「え、ええ」

志保が視線を宙に泳がせた。何かを糊塗《こと》しようとしているのではないか。

夏目から何か預かったことがあるにちがいない。成瀬は確信を深めた。

「わたしの言葉をどうか信じて。それよりも、夏目さんは会社の不正を内部告発しかけたんで、故意に車に撥《は》ねられたんでしょうか？」

「そう考えてもいいと思うな、加害車輛《しゃりょう》は無灯火だったそうだから」

「そういえば、そうでしたね。会社の勝又専務が誰か犯罪のプロを雇って、夏目さんを殺させたのかしら？」

「まだ確信はありませんが、その疑いはあるでしょう」

「そうだったとしたら、なんだか遣《や》り切れない話ですね。同じ会社の人間がそんな恐ろしいことをするなんて」

「内部告発によって、自主廃業に追い込まれた会社が何社もあります。景気の低迷で企業倫理が揺らいでますが、出世を棒に振っても真っ当な生き方をしたいと願ってる社員もいるはずです。その一方で、会社の不正に目をつぶってしまう社員たちはたくさんいますがね。というよりも、内部告発するだけの勇気のある社員はごく稀《まれ》にしかいないでしょう」

「でしょうね。夏目さんは曲がったことが大嫌いだったから、どうしても会社の不正を見過ごせなかったんじゃないんですか」

「そうだったんだろうな」

「ごめんなさい。わたし、ほかのお客さまにも挨拶しなければならないので、ちょっと失礼しますね」

志保が恐縮しながら、別の席に移っていった。

入れ替わりに化粧室から渚が戻ってきた。成瀬は渚と二十分ほど雑談を交わしてから、チェックを頼んだ。勘定は、思っていたよりも安かった。

「近いうちに、またいらしてね」

エレベーターホールまで見送りに従《つ》いてきた渚が甘え声で言った。

成瀬は笑顔を返し、エレベーターに乗り込んだ。

2

夜が更《ふ》けた。

成瀬は飲食店ビルの前で張り込んでいた。

ジャガーの中だった。『麗』のママの動きを探《さぐ》ってみる気になったのである。

間もなく午後十一時だ。ほとんどのクラブは午前零時前に閉店になる。

もう少しの辛抱だ。成瀬は生欠伸《なまあくび》を噛《か》み殺した。

そのすぐ後《あと》、相棒の磯村から電話がかかってきた。

「成《なる》やん、こっちの出番はまだかな？」

「だいぶでき上がってますね。ちょっと呂律《ろれつ》が怪しいですよ」

「かなり飲んだんだ、自棄酒《やけざけ》をね」

「自棄酒？」

「そう」

「何があったんです？」

「自分に文才がないことが、ようやくわかったんだよ。長い間、おれには小説を書く才能があると思い込んでいた。しかし、それは単なる自惚《うぬぼ》れだった。原稿、ちっとも書けないんだ」

「磯《いそ》さん、そう焦《あせ》ることはないでしょう？　寿命が延びてるんだから」

成瀬は励ました。

「毎晩のように飲んだくれてるんだから、おれはそう長生きできないと思う」

「男の平均寿命までは大丈夫でしょう」

「成やん、おれは七十代のうちに一編だけでいいから、自他共に認める秀作を書きたいんだよ。学生時代から小説の習作を重ねてきたんだ。意地でも……」

「その話は何度も聞きました」

「いいから、聞いてくれ。三十九歳のとき、ある小説誌の新人賞を貰った。それを機に勤めてた雑誌社を辞めて、文筆で喰《く》っていくことにした。だが、小説で生計を立てることはできなかった」

「そういう話でしたね。で、磯さんはゴーストライターになった。芸能人やプロのスポーツ選手の自叙伝の代筆を精力的にこなして、年収四、五千万円も稼ぐようになったんでしょ？」

「どの本もよく売れたんでな。地味な小説を書いてる専業作家たちよりも収入ははるかに多かった。しかし、精神的な充足感はなかったよ。だから、筆禍《ひっか》事件で代作の依頼が途絶《とだ》えたとき、また小説で勝負する気になったんだ。だけど、酔生夢死《すいせいむし》の日々がだらだらとつづいて、なかなか机に向かう気になれなかった。そんなことで一念発起《いちねんほっき》して、小説の筆を起こしたんだがね」

磯村が長々と愚痴《ぐち》った。かつて全共闘の活動家だった彼は、いつも何かに憤《いきどお》り、心に情熱を秘めていた。

「磯《いそ》さん、おれをあんまりがっかりさせないでくださいよ」

「え？」

「磯村さんの生き方は、カッコいいと思ってた。酔ってぼやくなんて、なんかみっともないですよ。小説に思い入れがあるのはわかりますが、そんなふうに深刻になることはないでしょ？　誇れる作品を産《う》み出せなくたって、別に恥じることはないと思うな。おれたちはアナーキーに生きて、人生の決着《オトシマエ》をつけてやろうって約束したでしょう」

「そのことは憶《おぼ》えてるよ」

「人生の大先輩にこんなことを言うのは失礼だけど、もっと強《したた》かになりましょうよ。負け犬みたいに生きるんじゃ、哀《かな》しいでしょ？」

「成《なる》やんの言う通りだな。アウトロー作家のチャールズ・ブコウスキーも、人生に深刻にならなければならない事柄など一つもないと書き遺《のこ》してる」

「そうなの。おれはめったに本なんか読まないから、そういう作家がいたことも知らなかったけど、なかなかの名言だな」

「実際、ブコウスキーの言う通りなんだろう。成やん、悪かったな。子供っぽいぐずり方をして、みっともなかったよね」

「気にしないでくださいよ。おれだって、磯さんの前でガキみたいな拗ね方をしたことがあるんだから」

成瀬は言葉に労《いたわ》りを込めた。

「当分、小説のことは忘れることにするよ。どんなに焦《あせ》っても、書けないときは書けないからね」

「そんなもんなんですか」

「ところで、どうなのかな。何か透《す》けてきた？」

磯村が訊《き》いた。成瀬は経過をかいつまんで話して、通話を切り上げた。

スマートフォンを懐《ふところ》に戻したとき、飲食店ビルから石岡志保が姿を見せた。いそいそとした足取りだった。

志保は道行きコートを羽織《はお》り、和装用バッグを胸に抱えている。馴染《なじ》みの客に電話で呼び出されて、近くの鮨屋《すしや》にでも向かうのだろうか。

成瀬は静かに車を降り、『麗』のママを尾行しはじめた。

志保は表通りに出ると、車道に寄った。タクシーを拾うつもりなのか。

待つほどもなく、志保の前に灰色のレクサスが停《と》まった。すぐに助手席のドアが押し開けられた。運転席には、なんと『豊栄フーズ』の関室長が坐っていた。志保が関に笑いかけ、助手席に坐った。物馴《な》れた様子だった。

やはり、あの二人は他人ではなかった。

レクサスが勢いよく走りだした。ジャガーに駆け戻っても、追尾《ついび》することは無理だろう。成瀬はゆっくりと自分の車に引き返し、ホステスの渚が出てくるのを待つことにした。

紫煙をくゆらせながら、時間を遣《や》り過ごす。

渚が同僚ホステスたちと一緒に飲食店ビルから現われたのは、十一時五十分ごろだった。成瀬はクラクションを短く鳴らし、車の窓から首を突き出した。

渚が成瀬に気づき、走り寄ってきた。ホステス仲間たちは歩み去った。

「鈴木さん、高級外車に乗ってるのね。ほんとにリッチマンだったんだ」

渚が歌うように言った。

「きみを待ってたんだよ」

「ほんとに？」

「ああ。ストレートに言おう。きみのセクシーな体をじっくり見たくなったんだ。二十万で、どうかな？」

「それだけ貰えるんだったら、わたし、つき合っちゃう」

「それじゃ、乗ってくれ」

成瀬は運転席側のウインドーシールドを上げ、助手席のドアを押し開いた。黒っぽいファーコートを着た渚が乗り込んできた。

ドアを閉めると、香水の匂いが車内に拡《ひろ》がった。ディオールだろうか。シャネルかもしれない。

成瀬はジャガーを走らせはじめた。渚を六本木のホテルに連れ込むのは何かと差し障《さわ》りがあるだろう。チェックインしたのは、赤坂見附《あかさかみつけ》にあるシティホテルだった。二人はエレベーターで十八階まで上がり、ツインベッドの部屋に入った。

「小遣いを先に渡しておこう」

成瀬は札入れから二十枚の一万円札を抜き出し、渚に手渡した。

「ありがとう。今月もピンチだったの。助かるわ。うーんとサービスするね」

渚はクローゼットの前で下着姿になると、バスルームに消えた。ブラジャーとパンティーは黒だった。肉感的な肢体《したい》は熟《う》れていた。

成瀬は上着を脱ぎ、ソファに腰かけた。

一服してから、素っ裸になった。浴室のドアを開けると、湯気がまとわりついてきた。

渚はバスタブの中に立って、ボディーソープの泡を洗い落としていた。さほど驚いた様子は見せなかった。店の客たちと時々、寝ているのだろう。

「わたしが体を洗ってあげる」

渚はシャワーヘッドをフックに掛けると、バスタブから出た。

マスクメロン大の乳房が揺れた。短冊《たんざく》の形に繁《しげ》った恥毛は、ぷっくりとした恥丘にへばりついている。

成瀬はバスタブの中に入った。

渚が掌《てのひら》にボディーソープ液をたっぷりと落とし、それを両手で成瀬の全身に塗りつけた。手触《ざわ》りが優しい。

「ここも綺麗《きれい》にしなくちゃね」

渚はペニスに白い泡をまぶし、入念に洗った。馴れた手つきだった。

「もういいよ」

成瀬はシャワーヘッドを手に取った、ボディーソープの泡を洗い流し終えたとき、渚がバスタブの際《きわ》に両膝《ひざ》を落とした。

成瀬の欲望は、まだ息吹《いぶ》いていなかった。

二人は戯れてからベッドに移って、情事に耽《ふけ》った。成瀬は欲望を満たすと、手早く身繕いに取りかかった。

「わたしの体、あんまりよくなかったみたいね？」

渚が寝具で裸身を隠しながら、突っかかるような口調で言った。

「いや、そうじゃないよ。もっと一緒にいたいんだが……」

「なのに、どうして帰っちゃうわけ？」

「これからやることがあるんだ。志保ママの自宅の住所を教えてくれないか」

成瀬は言った。それが目的だった。

「なぜ、ママの自宅なんか知りたがるの？　ママにはパトロンがいると言ったでしょ？　そう簡単には口説《くど》けないと思うわ」

「ママを口説く気なんかない。ママは夏目先輩の死に関わることで、何か隠してると直感したんだよ」

「なんで、そんなことがわかったの？」

「きみがトイレに立ったとき、ママに探りを入れたんだ」

「そうだったの。志保ママが夏目さんの事件に関与してるってこと？」

「まだ何とも言えないが、事件そのものには関与してないと思うよ。ただ、ママは事件を解く鍵《かぎ》を握ってるような気がするんだ」

「そうなの」

「ママの自宅の住所、知ってるよな？」

「知ってることは知ってるけど、わたしがアドレスを教えたとママに覚《さと》られたら、厄介《やっかい》なことになるから」

渚が困惑顔になった。

「そういう心配はいらないよ。おれは絶対にきみの名前は出さない」

「でも……」

「それじゃ、情報を金で買うことにしよう。五万円出すから、石岡志保の住まいを教えてくれないか」

「お金なんかもう欲しくないわ」

「どうすれば、おれに協力してくれる？」

「もう一度抱いてくれなきゃ、協力できないわ」

「わかったよ」

成瀬は大急ぎで衣服とトランクスを脱ぐと、ベッドの上で渚を抱き寄せた。

3

ジャガーFタイプを路肩《ろかた》に寄せる。

恵比寿《えびす》にある志保の住む賃貸マンションの際《きわ》だった。時刻は午前四時に近い。

成瀬は三十数分前まで、赤坂見附のホテルにいた。

二度目の行為が終わると、渚は約束通りに『麗』のママの住まいを教えてくれた。まだ彼女はホテルのベッドで寝ているだろう。

成瀬は静かに車を降りた。

夜明け前の大気は尖《とが》っていた。あたりは薄暗い。成瀬は首を縮めながら、マンションの表玄関に向かった。

上着のポケットの中には布手袋、手製の万能鍵、デジタルカメラが入っている。

マンションの出入口はオートロック・システムではなかった。管理人室もない。

成瀬は入居者のような顔をして、堂々とエントランスロビーに入った。志保の部屋は六〇一号室だった。

成瀬はエレベーターで六階に上がった。

歩廊《ほろう》に人の姿はない。成瀬はエレベーターホールで黒い革手袋を嵌《は》め、六〇一号室に近づいた。

ドアチェーンが掛けられていたら、少し手間取るだろう。

成瀬はそう思いながら、上着のポケットから万能鍵を抓《つま》み出した。週刊誌のグラビアに載っていた中国人窃盗団が使用していたピッキング道具を参考にして、自らの手でこしらえたものだった。形状は耳掻《か》きほどの長さで、平《ひら》べったい。幾つか溝《みぞ》がある。

成瀬は周囲に人目がないことを確かめると、万能鍵を鍵穴に挿《さ》し込んだ。手首を左右に何度か捻《ひね》ると、金属と金属が噛み合った。成瀬はほくそ笑《え》んだ。内錠を外し、ゆっくりとノブを引く。

チェーン・ロックは掛けられていなかった。

成瀬はドアを半分だけ開け、素早く玄関に入った。後ろ手でシリンダー錠をそっと倒す。玄関タイルの上には、男物の紐靴《ひもぐつ》があった。関の短靴だろう。玄関ホールの照明は消えていたが、短い廊下の向こうの居間は明るい。

成瀬はワークブーツを脱いで、部屋の奥に進んだ。居間の仕切りのドアには、格子のガラスが嵌《は》まっている。

仕切りドアを細く開け、リビングに足を踏み入れた。十五畳ほどの居間にはソファセットが置かれている。リビングボードや飾り棚は安物ではない。

左手にダイニングキッチンがあり、その奥に和室があった。八畳間だった。襖《ふすま》は開いていた。居間の右側に寝室のドアが見える。

成瀬は寝室に忍び寄り、ドアに耳を押し当てた。

女の喘《あえ》ぎ声が聞こえた。男の乱れた息遣《づか》いも洩《も》れてきた。どうやら関と志保は、ベッドの中で肌を貪《むさぼ》り合っているらしい。

成瀬は上着のポケットから、スマートフォンを摑《つか》み出した。

寝室の内錠は掛かっていなかった。ノブをそっと回し、ドアを押し開ける。

部屋の電灯は煌々《こうこう》と灯《とも》っていた。志保は仰向けになっていた。その足許には、関がうずくまっている。どちらも全裸だった。

関は志保の秘部を舐《な》め回していた。

成瀬は淫《みだ》らな場面をスマートフォンのカメラで動画撮影しはじめた。少し経つと、志保が不意に驚きの声をあげた。

「ドアの近くに誰かいるわ！」

「えっ」

関が顔を上げ、振り返った。

成瀬はにっと笑い、寝室の中央まで歩いた。二人のしどけない姿を撮《と》りつづける。

「おい、やめろ！」

関がベッドの端から毛布と羽毛蒲団《うもうぶとん》を引き寄せ、自分と志保の裸身を覆った。

「あなたは、お店に来た鈴木さんね。どうやって、ここに侵入したの？」

志保が硬い表情で訊いた。

「万能鍵を使ったんだよ。ついでに、教えておこう。鈴木というのは偽名だ」

「何者なの？」

「裁《さば》き屋とでも言っておこうか」

成瀬はスマートフォンをポケットに戻した。

「その男は成瀬という名で、調査関係の仕事をしてるようだ」

関が志保に説明した。成瀬はベッドに近づき、寝具を剝《は》いだ。

「な、何をするんだっ」

関が両手で股間《こかん》を隠した。

志保はくるりと俯《うつぶ》せになった。水蜜桃《すいみつとう》を想《おも》わせる白いヒップがセクシーだ。

「おれの目を気にしないで、情事をつづけろよ」

成瀬は関に言った。

「目的は何なんだ？　ちゃんと説明してくれ」

「あんたも役者だな。死んだ夏目氏の目を盗んで、ママと深い関係になったわけだからさ」

「………」

「夏目常務が存命中に、今夜みたいに密会してたわけだ？」

「そういう質問に答える義務はない」

関が顔をしかめた。成瀬は関の頭髪を引っ掴んで、ベッドから引きずり落とした。すぐに関の腰を蹴《け》りつける。

「とりあえず、見苦しいものを隠せよ」

「わたしに命令するな」

関はそう言いながらも、床からプリント柄のトランクスを拾い上げた。トランクスを穿《は》くと、彼は声を発した。

「志保にもパンティーを穿かせてやってくれ」

「もうしばらく彼女には裸でいてもらう」

「おい、何を考えてるんだ⁉」

「夏目氏は内部告発の裏付けを取ってたんだろう？」

った。


「きみに答える必要はないっ」

「世話を焼かせやがる」

成瀬は、上体を起こした関の腹部に前蹴りを入れた。関が呻きながら、横倒しに転がった。

成瀬はカーペットに片膝を落とし、関の顎《あご》の関節を手早く外した。

関が涎《よだれ》を垂らしながら、転げ回りはじめた。成瀬はクローゼットの扉を開け、志保のスカーフやベルトを掴み出した。それらで、関の両手と両足をきつく縛った。

成瀬はベッドに斜めに腰かけ、志保の尻っぺたを鷲掴《わしづか》みにした。

「搗《つ》き立ての餅《もち》みたいだな」

「わたしをレイプする気なの？」

「場合によっては、そうしてもいいな。いや、さっき撮《と》った動画を杉並にいるパトロンの唐島誠一に観《み》せたほうがよさそうだ」

「なんで、あなたがパパの住所を知ってるの⁉　わかったわ。やっぱり、渚ちゃんから聞き出したのね。そうなんでしょ？」

「ノーコメントだ。あんたが夏目氏だけじゃなく、関大輔ともベッドを共にしてたことを知ったら、パトロンは烈火《れっか》のごとく怒るだろうな」

「パパには何も言わないで。唐島のパパに浮気のことを知られたら、わたし、お払い箱にされちゃうから」

「自業自得だろうが！」

「パパは、わたしのことを単なるセックスペットと思ってるの。それじゃ惨《みじ》めすぎるから、わたしは誰かと恋愛したかったのよ」

志保が言い訳した。

「で、夏目氏とこっそりつき合いはじめたのか？」

「ええ、そうよ。夏目常務は優しかったんだけど、性的に淡泊だったの。だから、関さんに積極的に言い寄られたら、なんとなく拒《こば》めなくなってしまったのよ」

「淫乱《いんらん》なんだな、ママは」

「それは否定しないわ。わたし、あなたに抱かれてもいいと思ってる。その代わり、唐島のパパには何も言わないでほしいの」

「せっかくだが、ノーサンキューだ」

成瀬は言って、懐からスマートフォンを取り出した。

「パパに電話をする気⁉」

「そうだ。唐島は七十近いそうだから、もう目覚めてるだろう。老人は朝が早いからな」

「やめて！　パパには電話しないで。撮った動画のデータを譲って」

志保が言った。

「そっちがおれの質問に素直に答えたら、撮った動画は削除してやるよ」

「ほんとね？」

「ああ。あんたは夏目常務から一時期、内部告発の証拠資料を預かってたんじゃないのか？」

「それは……」

「正直にならないと、さっきの動画をネットで流すぞ」

「そんなことしないで。ええ、預かったわ。夏目さんが殺される二週間ぐらい前に書類やUSBメモリーをお店に持ってきて、しばらく預かってほしいって言ったの。それで、わたし、預かった物を自宅に持ち帰ったのよ。だけど、そのことを知った関さんが代わりに自分が預かってやると言って、数日後にここから持ち出したの。その後のことは知らないわ」

「いまの話、嘘じゃないな？」

「ええ、もちろん」

「あんたは、そのままの恰好《かっこう》でおとなしくしててくれ」

成瀬はスマートフォンを上着のポケットに収めると、関の横に屈《かが》み込んだ。顎の関節を元通りにしてやる。

関が息を長く吐いた。口の周《まわ》りは唾液塗《だえきまみ》れだった。

「内部告発に必要な資料やUSBメモリーはどうした？」

「わたしは、そんな物はここから持ち出してない」

「なんでそんな嘘をつくのよ」

志保が関を咎《とが》めた。

「きみは何か勘違いしてるんだ。そうだよな？」

「あなた、何を考えてるの⁉ ちゃんと持ち帰ったくせに」

「いや、それはきみの思い違いだよ」

関は言い張った。

この男は空とぼける気なのだろう。そうはさせない。成瀬はベッドの志保を手招きし、床にひざまずかせた。

「おい、何をする気なんだ⁉」

関が目を剝《む》いた。

「ママがどうなってもいいのか。え？」

「犯す気なんだなっ」

「まあな」

成瀬はチノクロスパンツのファスナーに手を掛けた。芝居だ。本気で志保を穢《けが》す気はなかった。

「わたしは事実を言ったんだ」

「しぶといな。なら、仕方ない」

「わ、わかった。いま話すよ。証拠書類やＵＳＢメモリーは、そっくり勝又専務に渡したんだ」

「おたくは寝返ったのか？」

「そうじゃない、そうじゃないんだよ。勝又専務はわたしが夏目常務の彼女の志保ママと親密な関係になったことを嗅《か》ぎつけて、脅しをかけてきたんだ」

「つまり、おたくとママの仲を公《おおやけ》にするって言われたんだな？」

成瀬は確かめた。

「その通りだ。勝又専務は夏目常務が内部告発する気でいることを察知して、事前に手を打つことにしたんだろう。おそらく証拠書類やＵＳＢメモリーは、もう焼却されてると思うね」

「おたくの話の通りだとすれば、わざわざ勝又は夏目氏を誰かに轢き殺させる必要はないはずだ」

「勝又専務は用心深い性格なんだ。もしかしたら、夏目常務がママ以外の知り合いにも証拠資料なんかを預けてあるかもしれないと考えたんじゃないだろうか。きっとそうにちがいない。だから、勝又専務は大事をとって、夏目常務を始末させたんだろう」

「一応、話の筋は通ってるな」

「わたしはスキャンダルの主役にされたくなかったんだ。それに、まさか夏目常務が殺されることになると思わなかったんだよ。わたしが浅はかだったんだ。それにしても、勝又専務は冷血そのものだね。なんとか専務を窮地に追い込んでやる」

　関が興奮気味に言った。

「おたくは下手に動くな」

「しかし、このままでは……」

「余計なことをしたら、恥ずかしい動画をネット公開することになるぞ」

　成瀬は言い捨て、寝室を出た。

4

夕闇が濃くなった。

成瀬は、『豊栄フーズ』本社の横の暗がりにたたずんでいた。関と志保の口を割らせた日の午後五時過ぎだ。

成瀬は依頼人の安達里奈を待っていた。彼は数時間前に里奈に電話をかけ、関室長が喋った内容を伝えてあった。そして、彼女に勝又啓吾専務の顔写真を手に入れてくれるよう頼んだのだ。

数分待つと、通用口から里奈が姿を見せた。

成瀬は里奈に目配せすると、少し先の路上に駐《と》めてあるジャガーに足を向けた。運転席に乗り込み、助手席側のドア・ロックを外す。

待つほどもなく里奈がやってきた。助手席に坐ると、彼女は社名入りの書類袋を差し出した。

「中に勝又専務の写真をコピーしたものが入っています。それから、専務の自宅の住所を書いたメモも」

「ありがとう。手間が省《はぶ》けたよ」

成瀬はルームランプを点け、書類袋の中身を抓《つま》み出した。

最初に写真のコピーを見る。どことなくブルドッグを連想させる面相だ。五十五歳らしいが、三つ四つ老《ふ》けて見える。自宅は大田区東雪谷《ひがしゆきがや》二丁目だった。家族構成も付記されている。ひとり息子は外資系企業に勤務しているようだ。

「関が夏目氏の愛人を寝盗《と》ってたとは驚きだったよ」

「室長は女癖が悪いという噂《うわさ》が前から社内で囁《ささや》かれてたの。わたしも入社したばかりのころ、おいしいものを食べに行こうと誘われたことがあるんです。もちろん、うまく断りましたけど」

「そう。きみは、関の話をどう思う？」

「室長の話の通りだとしたら、勝又専務が内部告発を阻《はば》む目的で第三者に夏目常務を轢き殺させたってことになりますよね？」

「そうだな」

「確かに勝又専務は藤堂博嗣《とうどうひろつぐ》社長の参謀みたいな存在だけど、気の弱いところがあるの。社内では有名な話なんですけど、会社の保養所の廊下に鼠《ねずみ》が飛び出してきたら、大騒ぎして表に逃げ出したらしいんですよ」

「そう」

「そんな男性が殺人依頼なんかできるかしら？」

「総合格闘技のスター選手は蛇を見ただけで逃げ回るらしいし、ゴキブリに怯《おび》える殺し屋《ヒットマン》もいるそうだ」

「つまり、鼠嫌いだからといって、冷酷なことはできないとは言い切れないって意味ですね？」

「うん、まあ」

「そう言われると、その通りかもしれません」

「とにかく、少し勝又専務の動きを探《さぐ》ってみるよ」

成瀬は写真のコピーとメモを書類袋の中に戻し、ルームランプを消した。

「勝又専務の今夜の予定も調べてきたの」

「そいつはありがたいな」

「専務は午後七時から帝都ホテルで開かれる取引先の創業五十周年パーティーに出席する予定になってるそうよ。パーティーは、瑞祥《ずいしょう》の間《ま》で開かれるという話でした」

「その後のスケジュールは？」

「特に予定はないみたいです」

「そう。ところで、参宮橋のウィークリーマンションに不審者の影は？」

「例の二人組の気配はうかがえません」

　里奈が答えた。

「それはよかった」

「あと二、三日したら、自宅マンションに戻ろうと思ってるんです。着替えが足りなくなってるし、何かと不便なので」

「もう少し時間が経《た》ってから、自由が丘のマンションに戻ったほうがいいな。できれば親父さんが見つかるまでウィークリーマンションにいたほうがいいね」

「考えてみます。わたし、そろそろ職場に戻らないと。きょうは残業があるの」

「それじゃ、会社に戻ったほうがいいな」

「ええ」

「そうだ、関は出勤してる？」

「いいえ、きょうは欠勤してるわ。成瀬さん、かなり室長を痛めつけたの？」

「そうしないと、関が口を割らないと思ったんだよ。あの男に、きみの依頼でおれが夏目氏の事件を調べてるってことを覚《さと》られないようにしてほしいんだ」

「ええ、わかってます。それじゃ、わたしはオフィスに戻るわ」

里奈が車を降り、『豊栄フーズ』本社の通用口に足を向けた。

ここで張り込んでいても、あまり意味がない。相棒とどこかで夕食を食べてから、日比谷の帝都ホテルに行くか。

成瀬は黒いダウンジャケットの内ポケットからスマートフォンを取り出し、磯村に連絡を取った。電話は、ツーコールで繋がった。六時に渋谷の行きつけの中華レストランで落ち合うことになった。

成瀬は電話を切ると、ジャガーを渋谷に走らせた。目的の店は、井《い》の頭《かしら》線渋谷駅のガード下のそばにある。馴染みの居酒屋『浜作《はまさく》』の並びだ。

中華レストランに着いたのは六時数分前だった。すでに磯村は店内にいた。奥のテーブルで春巻《はるまき》をつまみに紹興酒《しょうこうしゅ》を傾けていた。

成瀬は席に着き、ビールと数種の料理をオーダーした。

「紹興酒にしなかったのは、これから張り込みか尾行があるからなんだろう？」

磯村が訊いた。成瀬はうなずき、これまでの経過を詳しく語った。

「その勝又って専務をどこかで締め上げる気なら、おれも成《なる》やんと一緒に行こう」

「相手は堅気のおっさんなんです。おれひとりで充分ですよ」

「勝又は五十五だというから、おれよりも十七歳下だ。ということは、おれもじじいなわけか」

磯村が端整《たんせい》な顔を両手で撫《な》でながら、嘆くように言った。

「磯《いそ》さんは実年齢よりも、ずっと若く見えますよ。実際、精神も若々しいしね」

「取ってつけたようなことを言わなくてもいいって。若い連中から見たら、七十二のおれは間違いなくじじいだからな」

「話題を変えましょう、話題を」

成瀬は煙草に火を点《つ》けた。磯村が微苦笑した。

そのとき、ビールが運ばれてきた。ホール係の女性が遠ざかると、磯村が春巻《はるまき》の皿を前に押し出した。

「よかったら、喰ってくれないか」

「ええ、いただきます」

成瀬は手酌《てじゃく》でビールをコップに注いでから、春巻を箸《はし》で抓《つま》んだ。少し冷めかけていたが、味は悪くなかった。

一杯目のビールを飲み干すと、芝海老《しばえび》のチリソースとチンジャオロースが届けられた。

「一緒に食べましょう」

成瀬は取り皿を磯村の前に置き、ビアグラスを満たした。

二人は飲み喰《く》いしながら、夏目の事件をあれこれ推測し合った。勝又専務が何らかの形で事件に関与している可能性があるという点で意見は一致したが、里奈の父親の失踪《しっそう》については筋《すじ》読みが異《こと》なった。

成瀬は轢き殺された夏目が内部告発の証拠資料を親友の安達隆行に預けたのではないかと考えていたが、磯村はその説にはうなずかなかった。里奈の父は別の理由から失踪したのではないかというのである。

「しかし、安達隆行は用賀の夏目宅に行くと言って、自分の家を出てるんですよ。どう考えても、友人の死の真相を探《さぐ》る気だったんだと思うがな」

「依頼人の父親にそういう気があったことは間違いないだろう。しかし、安達氏は用賀に向かう途中、ふと厭世《えんせい》的な気持ちになったんじゃないだろうか。自分のリストラ退職や友人の死に接して、人生の虚《むな》しさを覚えたのかもしれないぞ。団塊《だんかい》の世代は人数が多いから、子供のころから何かと競争を強《し》いられてきた」

「でしょうね」

「よく勉強して、いい大学を出て、安定した職業に就《つ》くことがベストだと考える連中が少なくなかった。それでいながら、一方で社会の歪《ゆが》みを直さなければいけないという思いも抱えてる奴が多かったんだ」

「成《なる》やんの言う通りだね。われわれの世代は、矛盾の中で生きてきたんだ。もちろん、全員がそうだったわけじゃないが」

「ええ、そうでしょうね」

「われわれの世代は人数が多いから、自分たちが力を合わせれば、社会変革だって可能だと思い込んでたんだ。しかし、年齢を重ねるにつれ、そう簡単には社会構造を変えることはできないと思い知らされる。青臭さが抜けない分だけ、挫折《ざせつ》や敗北《はいぼく》には弱い。ちょっとしたつまずきを必要以上に深刻に受けとめたりするんだよ」

「要するに、生真面目《きまじめ》なわけですね？」

成瀬は言って、セブンスターに火を点けた。

「そうなんだ。だから、依頼人の父親はリストラ退職して再就職活動が思うようにいかないと感じた時点から、気持ちが沈み込みはじめてたんじゃないだろうか。そんなとき、親しい友人が不幸な死に方をしてしまった」

「それで生きてることが虚《むな》しくなって、里奈の父親は衝撃的に死に場所を求め、どこかをさまよい歩いてるかもしれないと？」

「ああ、もしかしたらね。安達氏は、どんな性格なんだって？」

「矛盾《むじゅん》してるな」

「そこまでは依頼人に訊かなかったな」

「そうか」

「磯《いそ》さんたちの世代の逞《たくま》しさと脆《もろ》さについて異論を唱《とな》える気はありませんが、ちょっと考え過ぎでしょ？　おれは、やっぱり安達隆行の失踪と夏目の死はリンクしてる気がするな」

「そうなんだろうか。こっちも時々、死の誘惑に敗けそうになる」

「駄目ですよ、磯さん！　いつかおれたちはアナーキーに人生の決着《オトシマエ》をつけようって約束し合ったでしょうが。まさかそのことを忘れたわけじゃないよね？」

「ちゃんと憶《おぼ》えてるよ。法律も倫理も糞《くそ》くらえと思えば、なんだってやれる。二人とも酔っ払って、管《くだ》を巻いたっけな」

「ええ。人の道？　それが、何なんだっ。やくざ？　ぶっ殺すぞ、この野郎！」

「そう、そう！　そんなふうに喚《わめ》いたね。あの晩は、とっても愉《たの》しかったよ」

　磯村が遠くを見るような眼差《まなざ》しになった。

「まだ現在進行中なんだから、過去形で言わないでください。おれたちはうまく立ち回ってる悪党どもを闇で裁いて、下剋上《げこくじょう》の歓《よろこ》びをたっぷり味わおうと誓い合ったんです。これからも、人生逆転ゲームをつづけましょうよ」

「そうだね。悪銭《あくせん》身につかずで、懐も淋《さび》しくなってきたから、今度の事件の首謀者から口止め料をたっぷりせしめてやるか」

磯村が明るい表情で言い、紹興酒を呷《あお》った。

八宝菜《はっぽうさい》と酢豚《すぶた》が新たに円卓に並んだ。二人は少しの間、ひたすら食べた。そして、それぞれビールと紹興酒を追加注文した。

店を出たのは七時半過ぎだった。

勘定は成瀬が払った。磯村には以前、数えきれないほど酒を奢《おご》ってもらっている。ささやかな返礼のつもりだった。

「おれは、ちょっと『浜作』に寄っていくよ」

磯村が片手を挙げ、馴染みの居酒屋に向かって歩きだした。

成瀬は近くの立体駐車場に急ぎ、ジャガーFタイプに乗り込んだ。法改正で飲酒運転の刑罰がぐっと重くなったが、検問に引っかかったら引っかかっただ。いちいちびくびくしていたら、アウトローにはなれない。

成瀬はビールを二本分飲んでいたが、車を青山通りに向けた。赤坂見附から外堀通りに入ったとき、スマートフォンが着信音を奏《かな》ではじめた。

成瀬は片手運転しながら、スマートフォンを耳に当てた。

発信者は着ぐるみ役者時代の仲間だった。辻涼太《つじりょうた》という名で、成瀬よりも三つ若い。

「よう、久しぶり！　相変わらず新潟で有機農法の手伝いをしてるのか？」

成瀬は確かめた。去年の夏、辻は怪獣映画の若手監督とぶつかって怪獣に扮《ふん》する仕事を自ら降りてしまった。それ以来、知り合いの元舞台俳優の経営する農場に居候《いそうろう》していた。

「実は来月いっぱいまで新潟にいて、また東京に戻ろうと考えてるんですよ」

「ミュージカル劇団の準団員に逆戻りする気なのか？」

「いえ、そうじゃないんです。ミュージカル劇団はもういいですよ。二十代の後半まで頑張ってみましたけど、ついに芽が出なかったですからね」

「まさか着ぐるみ《スーツ》をもう一回着る気になったんじゃないだろうな？」

「違いますよ。おれ、ある小劇場系の演劇集団に誘われたんです。アルバイトをやりながら、本格的に舞台俳優をめざしてみる気になったんですよ」

「そうか。夢を捨て切れないんだったら、とことん追っかけてみろや」

「ええ。おれ、成瀬さんに言われたことが、ずっと頭に残ってたんですよ。ニーチェか誰かが、人間は幻想なしでは生きられないと言ってるんですよね？」

「そう。その後に、幻想を夢という言葉に置き換えてもいいという言葉がつづくんだよ」

「おれ、その言葉にすごく勇気づけられました。だから、夢を追いかけることにしたんです」

「おまえにそんなことを言ったっけ？」

「えっ、忘れてるんですか⁉　ひどいな。成瀬さんは、寝た子を起こしたんですよ」

「だから、責任取れってか？　ま、いいじゃないか。おまえの人生なんだから、生きたいように生きろよ」

成瀬は言った。

「そうします。それはそうと、転居通知を貰って、びっくりしました。成瀬さん、中目黒でマンション暮らしをしてるんですね？」

「ちょっとまとまった金が入ったんで、中古マンションを買ったんだよ。おかげで、また貧乏になりそうだ」

「あまり危《ヤバ》いことはしないほうがいいと思うな」

「ご意見無用だ。おれは、アナーキーな生き方をすると決めたんだよ。東京に戻ってきたら、一度ゆっくり会おうや」

「ええ、連絡します。それじゃ、また！」

辻が先に通話を切り上げた。

成瀬はスマートフォンを懐に戻し、ステアリングを握り直した。帝都ホテルに着いたのは八時数分過ぎだった。成瀬はホテルの駐車場にジャガーを置き、宴会ホールのある新館に向かった。エスカレーターで三階に上がり、瑞祥の間に急ぐ。

受付には、若い女性がひとりいるだけだった。

成瀬はダウンジャケットの内ポケットから模造警察手帳を取り出し、短く呈示《ていじ》した。新宿のポリスグッズの店で買ったものだが、本物とそっくりだった。

「祝賀パーティーの出席者の芳名録を見せてほしいんだ。ある事件の被疑者《ひぎしゃ》が会場の中にいるかもしれないんですよ」

「その方がいたら、会場内で逮捕するのでしょうか？」

「そんなことはしません。被疑者がいても、ホールで張り込みをするだけです」

「わかりました」

受付の女性が十数冊の芳名録《ほうめいろく》を一カ所に手早く集めた。

成瀬は受付の端の椅子《いす》に腰かけ、芳名録に目を通しはじめた。『豊栄フーズ』の勝又専務の名は三冊目の芳名録に載《の》っていた。

「やっぱり、被疑者はパーティー会場に入ってますね」

「招待客なのでしょうか？　それとも、当社の社員なんですか」

「そういう質問には答えられない規則になってるんですよ。あっ、それから、わたしのことは誰にも話さないでくださいね」

「は、はい」

「協力に感謝します」

成瀬は立ち上がり、受付カウンターから離れた。

少し離れた場所にソファが見える。成瀬はパーティー会場の出入口が一カ所だけであることを目で確かめてから、ソファに腰かけた。

八時半を過ぎると、帰るパーティー客がちらほらと出てきた。義理で出席した者たちなのだろう。勝又が四十歳前後の部下らしい男と一緒に祝賀会場から現われたのは、九時を少し回った時刻だった。

二人はエスカレーターのある場所に向かった。

成瀬はごく自然に立ち上がり、勝又たちを追った。勝又たちはエスカレーターで一階ロビーに降りると、地下駐車場に通じている階段を下《くだ》っていった。

成瀬は二人につづいて階段を降りた。

勝又たちは黒塗りのレクサスに乗り込んだ。勝又専務は後部座席に坐った。

成瀬はジャガーに大股で歩み寄った。

立ち止まったとき、背後で乱れた足音がした。複数だった。

成瀬は振り向く前に、何か固い物で後頭部を強打された。一瞬、脳天が痺《しび》れた。目も霞《かす》んだ。意思とは裏腹に腰が砕《くだ》け、膝から崩れた。

コンクリートの上に倒れ込むと、脇腹を蹴られた。息を詰め、筋肉を張る余裕はなかった。

何度も蹴られ、成瀬はむせた。

そのとき、黒い特殊警棒の先をこめかみに押し当てられた。ひと目で暴力団関係者とわかる三十二、三歳の男が特殊警棒を握りながら、ゆっくりと屈《かが》み込んだ。

逆三角に近い輪郭《りんかく》で、眼光が鋭い。髪はオールバックだった。

もうひとりの男は膝頭で成瀬の腰を押さえ、背中に硬い物を当てた。相手の姿は見えない。

感触で銃口と察した。レクサスは、とうに走り去っただろう。恐怖心よりも勝又を追えなくなった悔しさのほうが強かった。

「われ、なに嗅《か》ぎ回っとるんや？」

オールバックの男が口を開いた。

「おまえら、関西の極道だなっ。『豊栄フーズ』の勝又に頼まれたのか？」

「誰や、それは？」

「勝又専務の名は出せないってわけか」

「何ごちゃごちゃ言うとんねん」

「おまえらの仲間の誰かが去年の十一月十六日の深夜、用賀の路上で夏目常務を轢き殺したんじゃないのか。そして、夏目氏の友人の安達隆行氏も八日ほど前に拉致《らち》した。さらに安達氏の娘も引っさらおうとしたなっ」

「なんの話をしてるん？」

「とぼけやがって。おれをどうする気なんだ？」

「それは、そっちの出方次第やな。もう探偵ごっこはせん言うんやったら、殺さんといてやるわ。どうや？」

「おれは他人に指図《さしず》されるのが大嫌いなんだよ」

成瀬は言い放った。

「言うやないけ。ほんなら、ここで死んでもええんやな？」

「殺《や》りたきゃ、殺《や》れ！」

「ま、ええわ。今回は大目に見たる。けど、次は容赦《ようしゃ》せんぞ。それを忘れんこっちゃな」

　逆三角の輪郭の男が特殊警棒をいったん浮かせ、すぐに成瀬の側頭部を打ち据《す》えた。目から花火が散った。少し遅れて、今度は銃把《グリップ》の底で背を強打された。

　成瀬は手脚《てあし》を縮めて、激痛に耐えた。

　二人の男が走りだした。成瀬は男たちを追う気になった。しかし、体が思うように動いてくれない。

「くそったれ！」

　成瀬は固めた拳《こぶし》でコンクリートの床を叩《たた》いた。

　起き上がることができたのは数分後だった。二人の暴漢の姿はどこにも見当たらなかった。成瀬は痛む体を庇《かば》いつつ、ジャガーの運転席に入った。少し休んでから、エンジンを始動させる。

　スロープを登って表に出たとき、里奈から電話がかかってきた。

「成瀬さん、父が……」

「泣いてるんだな。親父さんがどうしたんだ？」

「さっき逗子の母から連絡があったの。父の死体が多摩川の河川敷《かせんしき》で午後八時ごろ発見されたと警察から……」

「なんてことなんだ。どんな殺され方を……」

「心臓をナイフでひと突きにされてたらしいの」

「いま、きみはどこにいるんだ？」

「タクシーで世田谷の玉川署に向かってる途中なのよ」

「辛いだろうが、しっかりと気を保《も》つんだ。おれも、すぐに玉川署に向かう」

成瀬は電話を切ると、アクセルペダルを少しずつ踏み込んでいった。

第三章　計画倒産の疑い

1

遺体は北枕に安置されていた。

逗子にある安達宅の和室だ。十畳間だった。

通夜《つや》である。亡骸《なきがら》の周《まわ》りには遺族が坐《すわ》っていた。安達隆行の遺体が発見された翌々日だ。

成瀬は廊下に片膝《ひざ》をつき、縁者と思われる初老の男に小声で話しかけた。

「わたし、安達さんの行方を追ってた者ですが、里奈さんをお呼びいただけないでしょうか?」

「警察の方ですね?」

「いいえ、フリーの調査員なんですよ。里奈さんの依頼で、失踪人《しっそうにん》捜しをしてたんですが、残念ながら、こんなことになってしまいまして」

「調査費用なら、わたしが立て替えましょう。わたし、隆行の兄です」

「お金のことではないんです。どうしても里奈さんにうかがいたいことがあるんですよ」

故人の兄と称した男が座蒲団《ざぶとん》から腰を浮かせ、里奈に歩み寄った。そして、彼女に耳打ちした。

「わかりました」

里奈が成瀬を見て、黙ってうなずいた。

成瀬は和室から離れ、玄関ホールにたたずんだ。ほどなく黒いフォーマルスーツ姿の里奈がやってきた。泣き腫《は》らした瞼《まぶた》が痛々しい。

「こんな結果になってしまって、申し訳ないと思ってる」

「成瀬さん……」

「悲しくて辛いだろうな」

成瀬は里奈を抱き寄せた。里奈が成瀬の胸に顔を埋め、嗚咽《おえつ》にむせんだ。成瀬は無言で里奈の背を軽く叩《たた》いた。

やがて、里奈は泣き熄《や》んだ。

「泣いたりして、ごめんなさい」

「いいんだよ、当然さ。きみが悲しみにくれてるときに気がひけるんだが、司法解剖の結果を詳しく知りたいんだ」

「成瀬さん、まだ犯人捜しをつづける気なの⁉」

「ああ。犯人を見つけることが、依頼人に対する誠意だからね」

成瀬は律儀な正義漢めいたことを言った。そうした思いがまったくないわけではなかったが、悪党を私的に裁きたかったのだ。むろん、実行犯を雇った黒幕から金を脅し取る気でもいた。

「もう犯人捜しはやめて。夏目常務だけではなく、わたしの父も殺されてしまった。これ以上、事件のことを嗅《か》ぎ回ったら、成瀬さんまで命を落とすかもしれないわ。危険すぎる。後《あと》は警察に任せて」

「おれは、いったん決めたことは最後までやり通す主義なんだ。負け犬になりたくないんだよ」

「だけど……」

「わかってほしいな。もちろん、調査費用をきみから貰《もら》う気はない。おれ個人の仕事として、二つの事件の真相を暴《あば》きたいんだ」

「でも、あなたまで殺されるようなことになったら、わたし、責任の取りようがないわ」

「たとえおれが始末されたとしても、きみが責任を感じることはない。だから、刑事から聞いた話を教えてほしいんだよ。一昨日《おととい》は玉川署で刑事と話すチャンスがなかったから」

「そうだったわね」

「マスコミ報道によると、きみの父親は一昨日の午後八時過ぎに多摩川の河川敷《かせんしき》で刺殺体で発見された。死体の発見者はジョギング中のサラリーマンだった。凶器のナイフは現場には遺《のこ》されていなかった。それから、現場には人の争った痕跡《こんせき》はなかったと報じられてた。ニュースの内容に間違いはないのかな?」

「ええ、刑事さんたちの話と合致してるわ」

「司法解剖は、きのうの午前中に行われたんだったね?」

「ええ、東京都監察医務院で」

里奈が答えた。

「死亡推定日時は?」

「一昨日の午後六時から八時の間という話でした。死因は失血性ショック死だとか。刺し傷は左心房《ひだりしんぼう》にまで達してたというの」

「凶器は？」

「刃渡り十四、五センチのハンティング・ナイフとほぼ断定されたそうよ」

「そう。きみの親父さんはどこか別の場所で刺し殺され、河川敷に遺棄《いき》されたようだな」

「ええ、そうらしいの。警察が現場周辺をくまなく調べたみたいなんだけど、どこにも血溜《だ》まりや血痕は見つからなかったという話だったわ」

「おそらく親父さんは殺された後《あと》、大きなビニール袋か何かにすっぽりと包まれて遺棄現場に運ばれたんだろう」

「警察の人たちも、そう言ってたわ」

「そう。ほかに司法解剖でわかったことは？」

　成瀬は畳みかけた。

「父はどこかで拉致《らち》されて、一週間前後、監禁されてたようね。そう言えるのは、両手首と両足首に針金で縛《しば》られた痕《あと》がくっきりと残ってたからなの」

「監禁されてる間、食べものや水は与えられてたんだろうか」

「ほとんど何も与えられてなかったみたいね。解剖したとき、父の胃はほとんど空っぽだったらしいの。体重も四キロ近く減ってた」

「体に痣《あざ》の類《たぐい》は？」

「打撲傷は見られないという話だったけど、胸部に火傷《やけど》の痕があったの。刑事さんたちは電極板《でんきょくばん》を胸に貼《は》りつけられて、強い電流を送られたんだろうって言ってた」

「犯人は親父さんを拷問《ごうもん》にかけて、夏目氏から内部告発の証拠資料やＵＳＢメモリーを預かったかどうか吐かせようとしたんだろう」

「そうなんだと思う」

「しかし、きみの父親は頑《がん》として口を割らなかった。そのため、殺されてしまったにちがいない」

「そうだったんでしょうね。父は死を賭《と》してまで夏目常務の内部告発に協力する気だったんだろうな。学生時代に父は夏目常務たちと北アルプスに登ったとき、ロック・クライミング中に足を滑らせて宙吊《づ》り状態になったそうなの。そのとき、夏目常務が自らの危険も顧《かえり》みずに渾身《こんしん》の力で父を引っ張り上げてくれたらしいのよ。それだから、父は命の恩人のために、殺されるまで……」

「ちょっと待ってくれないか。夏目氏は愛人のクラブママに内部告発に必要な書類やＵ

ＳＢメモリーを預けただけではなく、大事をとって同じ資料をきみの父親に渡してあったんだろうか。多分、そうだったんだろうな」

「わたしもそう思うわ」

　里奈が早口で言った。

「関室長は、『麗』のママの部屋から持ち出した内部告発の資料を勝又専務に渡したと言ってた。自分が夏目氏の愛人と親密になったことを脅迫材料にされたんで、仕方なくママのところから持ち出したんだと言い訳してたよ」

「ええ、そういう話だったわね」

「関の話が事実なら、勝又は内部告発の資料をすぐに処分したはずだ。しかし、専務は夏目氏がママ以外の人間にも同じ証拠書類を預けてるかもしれないという強迫観念に取り憑《つ》かれて、誰かに常務を葬《ほうむ》らせ、さらに夏目氏の親友のきみの父親の口も封じさせたんだろうな」

「そうなのかしら？　父は夏目常務のお宅に伺《うかが》うと自宅を出たのよ。ということは、内部告発の内容についてはよく知らなかったことになるんじゃない？」

「そうか、そうなるね。となると、大きな謎《なぞ》が残るな。きみの親父さんは内部告発の証拠書類を夏目氏から預かっていなかったのに、なぜ犯人にそのことを言わなかったんだろうか」

「父は自分が証拠のデータを預かってる振りをすれば、まず殺されはしないと考えたんじゃないのかしら」

「なるほど、そうだったのかもしれないな。ところで、『豊栄フーズ』の社員は弔問《ちょうもん》に訪れた？」

「一時間ほど前に関室長が四人の役員秘書と一緒に来てくれたわ。五人はお焼香してくれて、じきに帰ったの」

「そう。勝又は？」

成瀬は玄関ホールにしつらえられた香炉台を見ながら、小声で問いかけた。

「藤堂社長と勝又専務からは弔電が届いたけど、二人とも通夜の席には見えてないわ」

「勝又は疚《やま》しくて弔問できなかったんだろう。それじゃ、かえって怪しまれるのにな。わざわざ部屋から呼び出して、悪かったね」

「ううん。こちらこそ、きのうは玉川署まで来てもらってありがとう」

「明日の告別式に出られるかどうかわからないが、とにかく気を張ってな」

「え、ええ。いま、母にきのうのお礼をさせるから、少しここで待ってて。一昨日は母も取り乱してたんで、ろくに成瀬さんに挨拶《あいさつ》もしなかったでしょ？」

「挨拶や礼なんか必要ない。早く親父さんのそばに戻ってやれよ」

「ええ、でも……」

里奈が迷っていると、インターフォンが鳴った。弔《とむら》いの客だろう。

「どうぞお入りください」

里奈がドア越しに応じた。

ややあって、玄関のドアが開けられた。黒っぽい背広を着た三十七、八歳の背の高い男が会釈《えしゃく》した。里奈が目礼し、先に口を開いた。

「どちらさまでしょうか？」

「毎朝日報社会部の小柴耕治《こしばこうじ》といいます」

「取材はお断りします」

「いいえ、取材ではありません。亡《な》くなられた安達さんとは新橋の飲み屋で以前、よく顔を合わせてたんですよ。いわば、飲み友達だったんです。それで、弔問させていただこうと思ったわけです」

「そうでしたか」

「このたびは突然のことで……」

小柴と名乗った新聞記者が型通《かたどお》りの挨拶をした。

「ご多忙のところを申し訳ありません。父の亡骸は奥の和室に安置されています。どうぞお上がりになってください」

「はい。それでは失礼します」

「こちらです」

里奈が目顔《めがお》で成瀬に詫《わ》び、小柴を奥に案内した。

成瀬は靴を履《は》き、ポーチに出た。数人の弔《とむら》い客が門扉《もんぴ》の方から歩いてくる。成瀬は彼らに一礼し、安達宅を出た。

里奈の実家は丘の上にある。邸宅街の一角だ。敷地は百坪前後だろうか。庭木が多い。眼下に黒々とした海が見える。漁火《いさりび》が幾つか瞬《またた》いていた。夜風は潮の香《か》を含んでいる。

成瀬は少し歩いて、路上に駐《と》めたジャガーに乗り込んだ。黒いネクタイの結び目を緩《ゆる》め、煙草《たばこ》をくわえる。

小柴という新聞記者は、故人の単なる飲み友達なのだろうか。もしかしたら、里奈の父親から内部告発の証拠資料を預かっているかもしれない。さらに決定的な裏付けが欲しくて、わざわざ通夜の席に顔を出したとも思える。

それとなく探《さぐ》りを入れてみることにした。

小柴が安達宅から出てきたのは三十数分後だった。成瀬は急いで車を降り、小柴に歩み寄った。

「どうもさきほどは」

　小柴が軽く頭を下げた。

「実は、あなたを待ってたんですよ。こっちは成瀬といいます。里奈さんに頼まれて彼女の父親の行方を追ってたんです」

「探偵社の方でしょうか？」

「ええ、まあ」

　成瀬は話を合わせた。

「それで、わたしにどのようなご用なんです？」

「単刀直入に言いましょう。小柴さん、あなたは殺された安達氏から何か預りませんでしたか？」

「何かって？」

「たとえば、ある企業の不正を暴《あば》くような資料とか」

「そういう物を預かった覚えはないな」

　小柴の目がわずかに泳いだ。狼狽《ろうばい》したようだ。

「去年の十一月十六日の深夜、『豊栄フーズ』の夏目常務が無灯火の車に轢き殺された事件はご存じでしょ？」

「ええ、知ってますよ。それが何か？」

「夏目氏と安達氏は学生時代からの親友同士だったんですよ。そのことは？」

「まったく知りませんでした」

「本当ですね？」

「ええ」

「生前、夏目常務は『豊栄フーズ』の不正を内部告発することを友人の安達氏に洩《も》らしてた節《ふし》があるんですよ」

成瀬は言った。誘い水だった。

「ほう。『豊栄フーズ』は何かまずいことをしてたんですか？」

「まだ確証は摑《つか》んでませんが、ビーフジャーキー用の輸入牛肉約百二十トンを国産牛肉と偽って、全国食肉事業協同組合連合会から一億数千万円を詐取《さしゅ》した疑いがあります。そのほか無認可の添加物を大量に使ったり、食材生産地の偽装表示をした可能性もあるんですよ」

「あなたが、どうしてそんなことまで知ってらっしゃるんです？」

小柴の声には、驚愕《きょうがく》の響きがあった。

「調査を重ねていくうちに、夏目氏が内部告発しようとしてた内容が判明したんですよ。そして、安達氏は内部告発に必要な書類やＵＳＢメモリーを預かった可能性も出てきたんです。しかし、故人はそうした物をどこにも保管してませんでした。それで、安達氏が預かった物を第三者に保管してもらってるのではないかと推測したわけです」

「なるほど」

「その第三者は小柴さんかもしれないと考えたんですが、いかがでしょう？」

「わ、わたしは別に何も預かってませんよ」

小柴がうろたえながら、聞き取りにくい声で答えた。その目は大きく逸《そ》らされていた。

この男は、内部告発に必要な資料を里奈の父から預かったのだろう。成瀬は、そう直感した。

「仮にわたしがそうした書類やＵＳＢメモリーを預かってたとしたら、成瀬さんはどうされるおつもりだったのかな」

「あなたに共同戦線を張らないかと持ちかけてたでしょうね。こっちは、夏目氏の死と安達氏の事件は無関係じゃないと思ってるんですよ」

「そうお考えになるのは自由ですが、わたしは安達さんから何も預かってません」

「小柴さん、いったい何をそんなに警戒してるんです？　こっちは新聞記者ではないし、テレビの報道関係者でもありません。こっちがあなたを出し抜いて、スクープするなんてことはできない」

「それはそうだろうが……」

「こっちは失踪人を無事に見つけ出せなかったことに忸怩《じくじ》たる思いを覚えてるんです。依頼人のためというよりも自分のプライドのために、安達氏を殺した犯人をどうしても突きとめたいんですよ。だから、より多くの情報が欲しいわけです」

「あなたも自分が摑んだ情報を提供するということなら、手の内を見せてもかまいません」

「ようやくその気になってくれましたか。それじゃ、情報交換しましょう。小柴さん、あなたは安達氏から内部告発の証拠資料を預かりましたね？」

「いいえ、資料そのものは何も預かってません」

「まだ駆け引きする気なのか。まいったな」

「そうじゃないんです。書類やUSBメモリーの類《たぐい》は、本当に何も預かってないんですよ。ただ、二週間ほど前に安達さんがわたしの職場を訪ねてきて、『豊栄フーズ』の常務だった友人の夏目氏が殺されたのは内部告発の準備をしていたからにちがいないとおっしゃったんです。そして、安達さんは自分の手で夏目氏の事件を解く気でいることを明かされ、わたしに協力してほしいと言ったんです」

「そういうことだったのか」

「安達さんとは密《みつ》に連絡を取り合うことになってたんですが、結局、行方がわからなくなってしまったんで、協力し合うことができなくなったんですよ」

「そうだったんですか」

「今度は、成瀬さんが情報提供する番ですよ」

小柴が促《うなが》した。

成瀬は差し障《さわ》りのある点を省《はぶ》いて、これまでの経過を伝えた。知らなかった情報が多かったらしく、小柴は何度も嬉《うれ》しそうな表情を見せた。

「お互いの話を突き合わせると、勝又専務が夏目氏の内部告発を阻止しようと画策したようですね。成瀬さんは、どう思われます？」

「こっちも勝又啓吾が疑わしいと考えてます」

「やっぱり、そうですか。それじゃ、これからは共同戦線を張りましょう」

「ええ」

二人は名刺を交換し、右と左に別れた。

2

『豊栄フーズ』本社の表玄関から小柴が出てきた。

肩を落としている。小柴は正攻法で勝又に当たったらしい。

成瀬はジャガーのフロントガラス越しに小柴を見ていた。車は『豊栄フーズ』本社ビルの斜め前に停《と》めてある。

里奈の父の告別式が終わってから、およそ六時間が経過していた。

成瀬は出棺まで見届け、東京に戻ってきたのだ。父親の柩《ひつぎ》が霊柩車《れいきゅうしゃ》に納められたとき、里奈は頽《くずお》れた。

痛ましくて、とても長くは見ていられなかった。里奈は火葬場で泣き崩れたのではないか。それだけ彼女にとって、父親の存在は大きかったのだろう。

小柴がジャガーとは逆方向に歩きだした。

成瀬は少し経《た》ってから、小柴のスマートフォンを鳴らした。スリーコールで電話は繋がった。

「何か新しい情報は得られました?」

成瀬は問いかけた。

「ほんの少し前に勝又専務に会ってきました。しかし、収穫はありませんでした。それどころか、専務を怒らせてしまいましたよ」

「小柴さん、どんな取材の仕方をしたんです？」

「ストレートに夏目常務の死の真相をご存じなのではないかと訊《き》いてしまいました。わたし、焦《あせ》ってたんですね」

「勝又は、どんな反応を見せました？」

「たちまち不機嫌になりました。そして『豊栄フーズ』は何も不正はしてないと繰り返しました」

「夏目氏が内部告発する気でいたのではないかと質問したんですね？」

「ええ、ずばりとね。そうしたら、根拠のないデマに振り回されないでくれと文句を言われました」

「もっと遠回しに探《さぐ》りを入れるべきでしたね。そうしていれば……」

「おっしゃる通りですね。早くスクープしたいって気持ちがあったんで、つい相手を怒らせることになってしまいました」

「残念でしたね。小柴さんの感触はどうだったんです？　勝又はクロではないという心《しん》証《しょう》を得たんですか」

「なんとも言えないな。真顔《まがお》で怒ってましたから、クロではない気もしますが、もしかしたら、勝又専務は大変な役者なのかもしれません。後者なら、クロってことになります。しかし、演技をしてるようには見えなかったな」

「勇み足をしたのかもしれません」

「そうなのかな。少し時間を措《お》いてから、別のやり方で勝又専務のことを調べてみるつもりです」

小柴が先に電話を切った。

成瀬はスマートフォンの通話終了ボタンをタップした。数秒後、着信ランプが灯《とも》った。発信者は里奈だった。

「告別式にも来ていただいて、ありがとう」

「しばらく辛いだろうが、時間が少しずつ悲しみを……」

「人間の命は儚《はかな》いのね。あんなに元気だった父が、いまは骨になってしまったんですもの」

「限りのある人生だから、後悔しないように生きたいね」

「わたしも、そう思ったわ」

「あと何日か実家にいるのかな？」

「ショックを受けてる母のことが心配だから、会社を一週間ぐらい休んで、そばにいてあげようと思ってるの」

「そうしてやりなよ。ウィークリーマンションの管理会社に事情を話して、きみの荷物はおれが引き取ってやろう」

「悪いけど、そうしてもらえる？」

「ああ、いいよ。そっちの荷物は、おれのマンションに保管しておく」

成瀬は少し考えてから、毎朝日報の小柴記者から探り出した話を明かした。

「小柴さんは父から書類やＵＳＢメモリーを託《たく》されてなかったのね」

「そうらしいんだ。しかし、親父さんが夏目氏から内部告発のことを聞かされてたことは間違いない」

「近いうちに、父の遺品を整理しようと思ってるの。書斎もよく調べてみるわ。もしかしたら、何か手がかりが見つかるかもしれないので」

「そうだな」

「成瀬さん、くどいようだけど、身に危険が迫ったら、後は警察に任せてね。わたし、あなたのことをもっと知りたいから、ずっと生きててほしいの」

里奈が通話を切り上げた。

成瀬はスマートフォンを鹿革ジャケットの内ポケットに入れると、セブンスターに火を点《つ》けた。勝又専務が姿を見せるまで辛抱強く待つつもりだ。

煙草を吹かしていると、脈絡もなく脳裏に及川《おいかわ》響子《きょうこ》の顔が浮かんで消えた。

響子は、去年の夏まで同棲していた相手だ。一つ年上で、ジャズダンス教室を経営している。元ジャズダンサーだけあって、プロポーションは悪くない。顔立ちも整っていた。

成瀬は着ぐるみ役者をしていたころ、響子の自宅マンションに住まわせてもらっていた。毎月十万円の小遣いを貰ってもいた。要するに、成瀬はヒモに近い存在だった。

響子は、いつか成瀬がスタントマンに復帰する日を願っていた。丸二年間、彼女は物心両面で成瀬に尽《つ》くしてくれた。そのこと自体には感謝していたが、成瀬はスタントマンとして返り咲けるとは思っていなかった。

響子は夢を失った成瀬に焦《じ》れ、尻《しり》を叩くようになった。そうしたことで二人の間に溝が生まれ、結局、別れてしまったのである。

考えてみれば、響子にはいろいろ世話になった。一億五千万円の口止め料が入ったとき、彼女に高級車の一台でもプレゼントすべきだったか。しかし、もう後の祭りだ。

成瀬は、喫《す》いさしの煙草を灰皿の中に突っ込んだ。

そのすぐ後、『豊栄フーズ』の本社ビルから関室長が現われた。同僚の男性社員と連れ立っていた。

関に顔を見られるのはまずい。成瀬は助手席に肘《ひじ》をつき、体を傾けた。関たちは反対方向に歩きだした。成瀬はゆっくりと上体を起こした。

それから、数時間が虚《むな》しく過ぎ去った。

勝又専務が社屋《しゃおく》から姿を見せたのは午後九時過ぎだった。連れはいなかった。

茶系の背広に黒いチェスターコートを羽織《はお》った勝又は、黒革のビジネスバッグを提《さ》げていた。本社ビルの前の車道に寄って、タクシーの空車を拾った。

成瀬は少し間《ま》を取ってから、勝又を乗せたタクシーを尾行しはじめた。

タクシーは紀尾井《きおい》町にある老舗《しにせ》料亭の前で停まった。勝又は車を降り、料亭の中に消えた。

取引先に接待されたのかもしれない。あるいは、逆に得意先の重役をもてなすつもりなのか。どちらにしても、三十分や一時間は出てこないだろう。

成瀬はジャガーを料亭の黒塀《くろべい》に寄せ、ヘッドライトを消した。むろん、暖房のスイッチは切らなかった。ドライバーズシートの背凭《もた》れを倒し、上体を預ける。ぼんやりとしていると、眠くなってきた。しかし、瞼を閉じるわけにはいかない。

成瀬は睡魔に襲われそうになると、そのつど煙草をくわえた。

料亭に黒塗りのハイヤーが横づけされたのは十一時数分前だった。ハイヤーはセンチュリーだ。

少し経つと、初老の男たちに囲まれた勝又が現われた。どうやら接待を受けたのは、勝又のほうだったらしい。勝又は男たちに見送られ、センチュリーのリア・シートに乗り込んだ。上機嫌な様子だった。

ハイヤーが静かに走りはじめた。

成瀬は車の向きを変えると、黒塗りの車を追った。センチュリーは四谷駅方面に走り、ほどなく靖国通りに入った。

勝又の自宅は大田区の東雪谷にある。また、どこかに立ち寄るようだ。

成瀬は慎重にハイヤーを追尾しつづけた。センチュリーが停まったのは、新宿五丁目東交差点の少し手前だった。車を降りた勝又は裏通りに走り入った。

新宿五丁目側だ。靖国通りの反対側は新宿二丁目で、ゲイバーが多い。

成瀬はジャガーを裏通りに進めた。

低速で、勝又を尾《つ》ける。勝又は七、八十メートル歩くと、古ぼけた雑居ビルの中に消えた。八階建てだった。

成瀬はジャガーをガードレールの際《きわ》に停め、雑居ビルの前まで走った。エレベーターホールには誰もいない。

成瀬は雑居ビルに駆け込み、移動中の階数表示ランプを見上げた。ランプは七階で停止した。函《ケージ》に乗っているのは勝又だろう。成瀬は視線を巡《めぐ》らせ、テナントプレートを見た。七階のプレートには、健康改善研究会と記《しる》してあった。

成瀬はエレベーターの上昇ボタンを押した。

七階に上がる。エレベーターホールに降りると、まず防犯カメラが目に留まった。七階のテナントはワンフロアを専有していた。

ドアの斜め上にも、防犯カメラが設置されている。物々《ものもの》しい警戒ぶりだ。健康改善研究会の中では、何か非合法なことが行われているのだろう。

違法カジノなのかもしれない。成瀬はドアに近づき、わざと頭上の防犯カメラを見上げた。それから、インターフォンを鳴らした。

だが、なんの応答もなかった。

万能鍵《かぎ》を使って、室内に押し入るか。しかし、違法カジノだとしたら、大勢の客がいそうだ。当然、荒っぽい用心棒もいるだろう。外で勝又を待つか。

成瀬はエレベーターホールに戻り、一階まで下《くだ》った。

雑居ビルを出ると、暗がりから見覚えのある男がぬっと現われた。帝都ホテルの地下駐車場で襲いかかってきた二人組の片割れだった。オールバックの男だ。

「きょうは、ひとりか。相棒は風邪でもひいたのかい？」

成瀬は相手を見据《す》えた。逆三角形に近い顔をした男は、余裕たっぷりに笑った。

どこか近くに相棒が潜《ひそ》んでいるにちがいない。そう思ったとき、成瀬は背後に人の気配を感じた。

足音が迫った。成瀬は中段回し蹴《げ》りを放った。ミドルキックは極《き》まった。

先夜の相棒が呻《うめ》いて、路上に転がった。丸刈り頭で、中肉中背だった。

成瀬は踏み込んで、上体を起こした相手の顔面をワークブーツで蹴った。前歯の折れる音が響いた。丸刈りの男がむせて、折れた門歯《もんし》を吐き出した。一本ではなく、二本だった。相手は口許《くちもと》に手を当て、体を丸めた。

成瀬は男のそばに屈《かが》み込み、素早く体を探《さぐ》った。きょうは丸腰だった。

「なめたことをするやないけ」

オールバックの男が言うなり、高く跳《と》んだ。飛び蹴りの姿勢をとった。

成瀬はサイドステップを踏んだ。

相手の蹴りは苦もなく躱《かわ》せた。成瀬は相手が着地すると、体勢を整える隙《すき》を与えなかった。走り寄って、横蹴りを見舞う。オールバックの男は両腕で宙《ちゅう》を掻《か》きながら、前のめりに倒れた。成瀬は弾《はず》みをつけて、男の背中の上に飛び降りた。

男がのたうち回りながら、腰の後ろからノーリンコ54を取り出した。成瀬は相手を組み伏せ、ノーリンコ54を奪い取った。銃把《グリップ》の角で眉間《みけん》を打ち据えると、オールバックの男は唸《うな》り声を発した。

成瀬はハーフコックになっていた撃鉄を大きく搔き起こし、銃身を相手の口中に突き入れた。オールバックの男の眼球が恐怖で盛り上がった。

「おまえら、どこの組員なんだっ」

成瀬は二人の男を交互に睨《にら》みつけた。ややあって、丸刈りの男が口を開いた。

「わしら、フリーの極道や。去年の暮れに組が解散になって、大阪から東京に流れてきたんや」

「解散した組の名は？」

「岸和田《きしわ だ》兄弟会《だきょうだいかい》や。以前は百人以上も構成員がおったんやけど、デフレ不況になってからは組の遣り繰《シノギ》りがきつうなって、解散前は十数人に減ってしもうた」

「おまえの名は？」

「西山《にしやま》や。仲間は明石《あかし》いうねん」

「おまえらの雇い主は？」

「『豊栄フーズ』の勝又専務や」

「やっぱり、そうだったか」

「明石が苦しがってるさかい、口から銃身を引き抜いてやってんか？　わしら、もう暴《あば》れんさかいに。頼むわ」

「まだ駄目だ。おまえらが夏目常務と安達隆行を始末したんだなっ」

成瀬は声を高めた。

「わしら、誰も殺《や》ってへん。嘘《うそ》やない、ほんまや。殺人《コロシ》は割に合わんよって、引き受けんのや。わしらは勝又専務に頼まれて、あんたをビビらせようとしただけや」

「それじゃ、夏目周平と安達隆行は誰に殺《や》られたんだ？」

「そないなことまで、わしらは知らんわ。勝又専務は、わしらのほかにも関西の元極道と接触があるみたいやで」

「元極道？」

「そや。京都の破門された極道とつき合いがあるみたいなんや。詳しいことはわからんけどな」

西山が言った。

「この雑居ビルの七階には何があるんだ？　勝又は違法カジノで遊んでるのか」

「わしらはよう知らん。勝又専務と特に親しいわけやないねん。たまたま頼まれごとをしただけやからな」

「これからもおれの周《まわ》りをうろつくようだったら、この拳銃を使うぜ」

成瀬はノーリンコ54を引き抜き、銃身の唾液《だえき》を明石の服になすりつけた。

「わしの拳銃《チャカ》、返してんか。もう尾行したり、威《おど》しをかけたりせんさかい、ノーリンコ54、わしに戻してえな」

「こいつは戦利品だ」

「そない殺生《せっしょう》な」

明石がぼやいた。成瀬は明石から離れ、顎《あご》をしゃくった。明石がのろのろと起き上がり、西山に歩み寄った。

「失《う》せろ！」

成瀬は二人の男に銃口を向けた。

人通りは絶えていた。西山と明石が何か言い交わし、靖国通りに向かって歩きはじめた。

二人の後ろ姿が見えなくなると、成瀬は撃鉄をそっと押し戻した。銃把《じゅうは》から弾倉《マガジン》を引き抜く。七・六二ミリ弾が四発詰まっていた。

マガジンを銃把の中に押し戻し、ベルトの下に差し込む。重量は八百五十グラムだから、それほど重さは感じない。

拳銃があれば、七階に押し入っても平気だろう。成瀬はふたたび雑居ビルに足を踏み入れ、七階に上がった。

健康改善研究会のインターフォンをしつこく鳴らしつづけていると、荒っぽくドアが開けられた。顔を見せたのは、どこか崩れた感じの中年男だった。額が極端に狭い。

「おたく、会員じゃないよな？　ここは会員制になってるんだ。お引き取り願おうか」

「大声を出すな」

成瀬は相手の片腕をむんずと摑み、ノーリンコ54の銃口を脇腹に突きつけた。

「ここは水田《みずた》組が仕切ってる秘密SMクラブだ。どこの組の人間か知らないが、みかじめ料なんか取れないぜ」

「秘密SMクラブだったのか。てっきり違法カジノだと思ってたがな。『豊栄フーズ』の勝又専務のいる所に案内してもらおうか」

「あんた、筋者《すじもの》じゃないな。刑事《デコスケ》でもなさそうだ。いったい何者なんだよ？」

「身許調査にはつき合えない。おたく、秘密ＳＭクラブの支配人らしいな」

「ああ、そうだよ」

「勝又のほかに、客は何人いる？」

「いまは勝又さんだけだよ。あんた、勝又さんをどうする気なんだ？　まさか専務を撃つ気なんじゃないだろうな」

「安心しろ、勝又に確かめたいことがあるだけだ。奴は、どこにいる？」

「いちばん奥のプレイルームで、リリーって娘《こ》にいじめられて、よがり声をあげてるよ」

支配人がせせら笑い、体の向きを変えた。

成瀬は銃口を支配人の首に押し当て、軽く突いた。支配人が観念し、案内に立った。

通路の片側に三つの小部屋が並んでいる。プレイルームだろう。反対側には、シャワールーム、トイレ、更衣室などがある。

奥の小部屋から、女の甲高《かんだか》い声が響いてきた。

「役員だからって、偉そうな顔してるんじゃないよっ」

「じょ、女王さま、それは誤解です。わたくしめは、ただのつまらない男でございます」

「やっと控え目になったわね。何かごほうびをやろう。この美しい足で、おまえの汚い顔を踏んづけてあげようか」

「女王さま、もっともっと下僕《げぼく》をいたぶってください」

「おや、このわたしに注文をつけてるの？　思い上がるんじゃないよ、豚野郎が！」

「どうかお赦《ゆる》しくださいませ」

男の哀《あわ》れっぽい声も聞こえた。勝又だろう。

支配人が上着のポケットからマスターキーを取り出し、プレイルームのロックを解《と》いた。成瀬は支配人の背を押し、プレイルームに躍《おど》り込んだ。六畳ほどのスペースだった。

正面に寝椅子《カウチ》が置かれ、床には白っぽいシャギーマットが敷いてあった。

鞭《むち》を手にした厚化粧の女が、俯《うつぶ》せになっている勝又の背に黒革のロングブーツの踵《かかと》を乗せていた。黒いボンデージ姿だった。乳房も腰も豊かだ。

なぜだか、勝又は紙おむつを付けていた。

勝又は写真と違って精悍《せいかん》さはなく、顔色が悪い。頬《ほお》がこけている。どこか体の具合がよくないのか。

「支配人、なんなのよ」

女が困惑顔で勝又から離れた。勝又が起き上がって、支配人を詰《なじ》った。

「無断でプレイルームに入ってくるなんて、無礼じゃないかっ」

「わたし、拳銃を突きつけられてるんですよ」

「なんだって⁉」

「後ろの男が専務さんに用があるそうです」

支配人はそう言い、S嬢の横に移動した。

リリーという源氏名《げんじな》のS嬢は明らかに怯《おび》えはじめていた。成瀬は支配人とS嬢を寝椅子《カウチ》に並んで腰かけさせると、ノーリンコ54の撃鉄を起こした。

「その拳銃は本物なのか⁉」

勝又が上擦《うわず》った声を洩らした。

「ああ、真正銃《しんせいじゅう》だ。ついさっき、西山が何もかも喋《しゃべ》った。おれは西山と明石をぶちのめして、口を割らせたんだよ」

「西山？　明石だって？」

「解散した岸和田兄弟会の構成員だった西山と明石のことさ。知らないとは言わせないぞ。あんたは西山たち二人を雇って、おれの動きを探《さぐ》らせたんだろ？」

「そんな名前の男たちは知らない。それから、きみのことも」

「シラを切る気かっ」

成瀬は引き金に指を巻きつけた。

勝又が後ずさり、反射的に右の掌《てのひら》を前に突き出した。顔から血の気が失《う》せていた。

「去年の十一月十六日の深夜に轢《ひ》き殺された夏目常務の亡霊が夢枕に立ったりしないか？」

「きみは何を言ってるんだ⁉」

「あんたが第三者に夏目氏を始末させ、彼の友人だった安達隆行氏も葬らせたんじゃないのかっ」

「きみは頭がおかしいんだな」

「おれはまともだよ。夏目氏は『豊栄フーズ』の不正を知って、内部告発する気でいた」

「不正って、なんのことだね？」

「とぼけやがって」

成瀬は肩を竦《すく》め、不正の内容を説明した。

「なぜ、きみがそんなことまで知ってるんだ⁉」

「話をはぐらかすな。あんたは夏目氏の内部告発をどうしても阻《はば》みたかった。で、誰かに夏目氏を殺《や》らせた。安達氏まで始末させたのは、夏目氏から内部告発の証拠資料を預かってるかもしれないと考えたせいだろう。夏目氏が愛人のクラブママに預けてあった資料は関室長にうまく持ち出させたが、それだけじゃ安全圏にはいられない。あんたは関が石岡志保と愛人関係にあることを脅しの材料にして、関室長を抱き込んだ。どこか間違ってるか？」

「全部、間違ってる」

勝又が大声を張り上げた。

「なんだと⁉」

「きみが喋ったことには、まるで身に覚えがない。会社の不正のことは、もちろん知ってたさ。すべて藤堂社長の命令でやったことだからな」

「社長の命令だった？」

「そうだよ。わたしがゴーサインを出した形になってるが、不正行為はどれもトップダウンだったんだ。関室長はわたしひとりを悪者にして、藤堂社長の名誉を護《まも》ろうとしたんだろう。彼は、社長の姪《めい》と結婚してるんでね」

「そうなのか」

「きみは探偵か何からしいが、ミスリードに引っかかったようだな。わたしは夏目常務とは反《そ》りが合わなかったが、ある意味では彼を高く評価してたんだ。彼が内部告発したがってる気配は感じてたが、強く反対する気はなかった」

「きれいごとを言うんじゃないっ」

「いや、きれいごとなんかじゃない。どうせ『豊栄フーズ』は一、二年のうちに倒産してしまうだろう。十年以上も前から赤字なんだが、粉飾決算で黒字経営に見せかけてただけなんだよ。夏目君が内部告発したら、その時点で会社は破綻《はたん》してただろうね」

「あんたの話が事実だとしたら、会社倒産を一日でも先延ばしにしたい人物が怪しいってことになるな」

「おそらく藤堂社長と関室長が共謀して、内部告発を阻止したんだろう」

「あんたは社長派の大番頭だという情報をキャッチしてるんだ」

「わたしは創業者の二代目社長にくっついてたほうが何かと得だろうと算盤《そろばん》をはじいただけさ。別に社長の忠犬じゃないし、あちらもわたしに気を許してたわけじゃないんだ」

「あんたの話を鵜呑《うの》みにはできない」

「それなら、プレイが終わったら、わたしを撃ち殺したまえ」

「急に開き直りやがったな。また、どうしてなんだ？」

成瀬は訊いた。

「わたしは末期癌《まっきがん》なんだよ。もう名誉や地位には興味がないんだ。リリーちゃんとＳＭプレイを存分に愉《たの》しんで死んでいきたいと考えてる」

「愉しめばいいいさ」

「きみは、わたしの言葉を信じる気になったようだな」

勝又がにっこり笑い、握手を求めてきた。

成瀬は手を払って勝又に背を向けた。そのままプレイルームを出た。

3

マフィンにバターを塗り終えた。

成瀬はコーヒーをブラックで啜《すす》ってから、遠隔操作器《リモート・コントローラー》を使ってテレビの電源スイッチを入れた。自宅マンションである。

秘密ＳＭクラブで勝又に迫ってから、三日が経《た》っていた。その間、成瀬は『豊栄フーズ』の藤堂社長を相棒の磯村とリレー尾行しつづけた。

だが、藤堂に接近するチャンスはなかった。社長のそばには、いつも秘書かお抱え運転手がいた。

成瀬は、明石から奪ったノーリンコ54をジャガーのグローブボックスの奥に隠してあった。その拳銃を使えば、藤堂を取り押さえることはできるだろう。

しかし、まだ二つの殺人事件の首謀者が藤堂と決まったわけではない。強引なやり方は避けるべきだろう。

藤堂の自宅が大田区田園調布五丁目にあることを教えてくれたのは、安達里奈だった。藤堂は、これまでに新聞やテレビに何度か取り上げられてきた。経済界切っての馬術の名手として知られていた。二代目社長の藤堂はおっとりとした風貌《ふうぼう》で、紳士然としている。成瀬だけではなく、磯村も藤堂社長の顔は知っていた。

リレー尾行の途中で、先に関室長を締め上げる気になった。しかし、あいにく秘書室室長の居所はわからなかった。関の妻の話によると、三日前から消息がわからないという。むろん、欠勤しているという話だった。

成瀬はイングリッシュ・マフィンを齧《かじ》りながら、次々にチャンネルを切り換えた。

ニュースを流している民放局があった。

画面に映し出されているビルは、なんと『豊栄フーズ』の本社だった。成瀬は画面を凝視した。

すぐに画面が変わり、三十代前半の男性アナウンサーの顔がアップになった。

「大手食品会社の『豊栄フーズ』がきょう倒産し、自主廃業に追い込まれました。負債総額は約一千億円です。メインバンクに追加融資を打ち切られ、会社更生法の申請を断念しました」

ふたたび画像が変わり、また『豊栄フーズ』の本社ビルが映し出された。アナウンサーが倒産した食品会社の創業者に触《ふ》れ、社歴を詳しく喋った。

その後、藤堂社長の記者会見の模様が映《えい》じられた。社長の両脇には、副社長と専務が控えていた。

「自主廃業によって、お客さま、お取引先、銀行、そして社員に多大な迷惑をかけてしまったことを深くお詫《わ》びします」

藤堂が立ち上がって、深く頭を垂《た》れた。慌《あわ》てて副社長と専務が社長に倣《なら》う。三人が着席すると、記者の代表質問に移った。

四十年配の全国紙の経済部記者がマイクを握った。

「『豊栄フーズ』さんは過去に一度も赤字を出していませんね。それが急に倒産というのは、変ではありませんか。粉飾決算で、赤字をごまかしてきたんですか？　その点について、藤堂社長にお答えいただきたいのですが……」

「ご指摘の件ですが、結果的にはそういうことになります。決算については、顧問公認会計士に任せておりました。まさか赤字を黒字にしているとは気づきませんでした」

「子供みたいな言い訳ですね。あなたが社長だったんでしょ？」

「経営者として怠慢《たいまん》であったことは、素直に認めます。多くの関係者に心より謝罪したいと思います。もちろん、法人資産はすべて弁済《べんさい》に充《あ》てます」

「弁済できる額はどのくらいになるんです？」

「正確な数字は申し上げられませんが、七、八十億円にはなるかと思います」

「その程度では社員の退職金はおろか、業者の支払もろくにできませんよね。当然、取引銀行が不動産を担保として押さえているわけですから」

「返す言葉もございません」

藤堂がテーブルに両手をつき、卓上に額を擦《こす》りつけた。副社長と専務は軽く頭を下げただけだった。

「社長は『豊栄フーズ』の約六割の株をお持ちになっていたわけですが、去年の十二月までに持ち株のおよそ半分をアメリカの投資会社や日本の新興企業に譲渡してますね」

「は、はい」

「株の売却益は、ざっと百五十億円になるはずです」

「その情報は正確ではありません。わたしが得た差益はわずか数十億円です。儲《もう》けが出た形になっていますが、先代の父が運転資金を調達するために手放した株をわたしが高値で買い戻したんです。したがって、実質的にはマイナスになります」

「しかし、自主廃業の直前に持ち株を売却されています。計画倒産と見られても仕方ないんではありませんか？」

「計画倒産とは穏《おだ》やかな言葉じゃないな」

「そうではないとおっしゃりたいわけですね」

記者が言った。

「わたしは、町工場の社長だったわけではありません。四千人近い社員を自分の船に乗せていたのです。船体に穴が開いて浸水してきたからといって、船頭のわたしが真っ先に逃げ出せると思いますか？」

「ふつうはできないでしょうね」

「『豊栄フーズ』は先代社長がさまざまな辛酸《しんさん》を舐《な》めながら、ひとりで造り上げた会社なんです。息子のわたしが二代目になって、舵取《かじと》りをさせてもらってきましたが、社員たちはわが子同然なんです。私利私欲のために持ち株を処分したわけではありません。数十億円の売却益は、次世代向けの食品開発費に投入しました」

「新規のプロジェクトが組まれたという話は聞いていませんが……」

「でしょうね。極秘の食品技術開発を推《お》し進めていましたので」

藤堂はそう言うと、憮然《ぶぜん》たる顔つきになった。すると、勝又専務が立ち上がった。

「これで記者会見を打ち切らせていただきます」

「まだ訊きたいことがあるんですよ」

代表質問者が喰《く》い下がった。藤堂たち三人は口を結んだまま、記者会見場から足早に出ていった。

画面が変わり、『豊栄フーズ』の社員たちのコメントが流された。

「今朝《けさ》、出勤したら、いきなり上司から解雇通知を言い渡されました。一瞬、悪い夢を見ているんじゃないかと思いましたよ。いまも信じられない気持ちです」

「経営責任をちゃんと取っていただかないと、怒りは収《おさ》まりません。でも、民法だと、役員たちの個人資産を吐き出させることはできないんでしょ？　そんなのは変ですよね。経営能力がなかったわけだから、社長はもちろん、全取締役が私財をなげうつべきです」

「これから、どう暮らしていけばいいんだよ。社長のばかやろーっ」

若い男性社員が憤《いきどお》りを露《あらわ》にして、拳《こぶし》を振る真似《まね》をした。

「次は銀行強盗のニュースです」

アナウンサーが抑揚《よくよう》のない声で告げた。すぐに画像が変わった。

成瀬《なる》はテレビの電源を切った。そのとき、磯村から電話がかかってきた。

「成やん、いまテレビニュースで『豊栄フーズ』が自主廃業に追い込まれたって報じられてたぞ」

「おれもテレビを観《み》ましたよ」

「そうか。代表質問をしてた記者がちょっと触れてたが、計画倒産の疑いがありそうだな。いくら坊ちゃん育ちの二代目社長でも、何年も粉飾決算に気づかないわけがない」

「そうでしょうね。藤堂はデフレ不況になってから収益が下降線をたどりっ放しなんで、父親から引き継いだ『豊栄フーズ』の経営に厭気《いやけ》がさしてたのかもしれないな」

「おそらく、そうなんだろう。だから、社長は持ち株をこっそり処分して、個人財産を増やす気になったんだろうな。牛肉生産地の虚偽申請をしたり、無認可の添加物を大量に使用させたのも、少しでも儲けたかったからだと思うよ」

「磯《いそ》さんの知り合いに経済調査会社のスタッフがいましたよね？」

「ああ、いるよ。浦剛《うらつよし》って奴で、おれが雑誌社に勤めてたころに社でアルバイトをしてた男なんだ」

「その彼に藤堂博嗣の個人資産を調べてもらってくれませんか」

「わかった。早速、浦君に電話をしてみるよ」

「よろしく！　磯さん、二つの殺人事件の黒幕が藤堂だとしたら、ちょっと合点のいかないことがあるんですよ」

成瀬は言った。

「どんなことだい？」

「藤堂が赤字続きの『豊栄フーズ』を潰《つぶ》す気でいたんだったら、何も会社の不正を内部告発しようとしてた夏目常務を亡《な》き者にする必要はないわけでしょ？　それから、安達隆行氏も始末しなくてもいいってことになります」

「計画倒産の準備ができてないうちに、夏目常務に内部告発されたら、何かと不都合なことが出てくる。多分、そういうことだったんだろう」

「それだけなのかな」

「成《なる》やん、何が引っかかるんだ？」

「夏目氏が轢き殺されたのは去年の十一月で、いまは二月です。自主廃業するまで、たったの三カ月しか経過してないんですよ。そんな短い間で、計画倒産の用意が完了すると思いますか？」

「八分通り準備は進んでたんなら、残りの三カ月で……」

「そうだったとしたら、何もわざわざ夏目氏を葬《ほうむ》らなくてもいいでしょ？　拉致して、どこかに三カ月監禁しておけば、計画倒産はやれたはずです」

「そうか、そういうことになるね。夏目常務は会社の不正の証拠を集めてる途中で、藤堂の別の悪事を知ったんじゃないだろうか」

「なるほど。そう考えれば、夏目氏が殺害された説明がつくな。何かとてつもなく大きな陰謀の証拠を夏目氏は親しい友人の安達氏に話した。そして、録音音声とか写真のネガなんかを里奈の父親に渡したとも考えられる。それだから、安達氏まで刺し殺されることになったんじゃないのかな？」

「成《なる》やん、きっとそうにちがいないよ。それで、藤堂は夏目、安達の両氏を殺害させたのは勝又専務だと見せかける工作をしたんだろう」

「ええ、考えられますね。岸和田兄弟会の元構成員の明石と西山の雇い主は、藤堂だったのかもしれない。それから依頼人の安達里奈を拉致しようとした二人組は、明石か西山の昔の子分だったんじゃないのかな？」

「成《なる》やん、一応、ストーリーが繋がったね。ただ、別の悪事がいったい何なのか見当もつかない」

磯村が言って、長嘆息《ちょうたんそく》した。

「こうなったら、荒っぽい手を使いますか?」

「どんな手を使う気なんだ?」

「田園調布の藤堂邸の近くで待ち伏せして、ノーリンコ54で威《おど》して社長を引っさらうんですよ。坊ちゃん育ちの藤堂は荒っぽいことには馴《な》れてないでしょう」

「だろうね。銃口を突きつけられたら、あっさり口を割りそうだな。成やん、その線でいこうか。浦君にさっきの件は、もう頼まなくてもいいね?」

「いや、一応、藤堂の個人資産を調べてもらってください。藤堂をうまく生け捕りにできるかどうかわかりませんからね」

「そうだな。それじゃ、浦君に電話をしてから、成《なる》やんとこに行くよ」

「ええ、待ってます」

成瀬は電話を切り、またコーヒーを飲んだ。午後一時を回ったばかりだった。

里奈はまだ欠勤しているから、会社が潰《つぶ》れたことを知らないかもしれない。

成瀬はスマートフォンをダイニングテーブルの上から摑み上げ、逗子の実家にいる依頼人に電話をかけた。

「いま、成瀬さんに電話をかけようと思ってたの。きょう、『豊栄フーズ』が自主廃業しちゃったんです」

「そのことは、さっきテレビのニュースで知ったよ。突然の倒産で、びっくりしただろうな」

「ええ、とっても。正午前に同僚の女性が電話で自主廃業のことを教えてくれたんだけど、最初は冗談かと思ったわ。だけど、本当の話だったの。ショックだったわ」

「デフレ不況から脱却しきってないんで、すぐには再就職できないかもしれないが、きみなら、そのうち必ず働き口が見つかるだろう」

「そうだといいんだけど」

「なんとかなるさ。それよりも、どうも計画倒産臭いんだ。それから、夏目氏は会社の不正の証拠集めをしてるうちに、藤堂社長の悪事に気づいたかもしれないんだよ」

「夏目常務が殺されたのは、会社の不正を内部告発しようとしたからじゃないの？」

　里奈が言った。

「確証はないんだが、夏目氏はそういった不正を暴《あば》こうとして殺されたわけじゃなさそうなんだ。もっと大きな謀《はかりごと》を知ってしまったんだろうな。そのため、夏目氏ときみの親父さんは……」

「成瀬さん、もう個人の力では事件の解明は難しいと思うの。警察の力を借りるべきだわ。だって、大切な男性《ひと》を死なせるわけにはいかないもの」

「あと一歩なんだ。だから、まだ警察の協力を仰《あお》ぎたくないんだよ」

「頑固《がんこ》なのね、あなたって」

「おれは、どんな勝負にも負けたくない性分《しょうぶん》なんだ。それよりも、親父さんの書斎をチェックしてみてくれた?」

「ええ、くまなくチェックしてみたわ。だけど、手がかりになるような物は何も出てこなかったの」

「そうか。また連絡するよ」

成瀬は電話を切った。

一服していると、部屋のインターフォンが鳴った。車のセールスか何かだろう。成瀬は居留守を使った。

インターフォンは、いっこうに鳴り熄《や》まない。

成瀬は舌打ちして、椅子《いす》から立ち上がった。玄関ホールに急ぎ、ドア・スコープに片目を当てた。

歩廊には誰も立っていなかった。だが、かすかに人のいる気配が伝わってきた。刺客がドアの横の壁にへばりついているのではないか。

成瀬は用心しながら、玄関ドアを細く開けた。

ドアの隙間《すきま》から、黒いスポーツキャップを目深《まぶか》に被《かぶ》った男の姿が見えた。男は赤いポリタンクを抱えていた。キャップは外されていた。

人間バーベキューにする気らしい。

成瀬はノブを一気に引いた。閉めたドアに灯油がぶっかけられた。ターボライターの着火音がした。

成瀬はドアを押し開けた。

ドアの表側から油煙混《ま》じりの炎が躍《おど》り込んできた。成瀬はいったんドアを引き寄せ、シリンダー錠を掛けた。ダイニングキッチンに走り、家庭用の消火器を摑み上げた。

すぐ玄関に取って返し、歩廊に飛び出した。怪しい男の姿はなかった。

ドアの表側が炎に覆われ、倒されたポリタンクから灯油がどくどくと零《こぼ》れている。

成瀬は消火器のフックからノズルを外し、レバーを思い切り絞った。

ノズルの先端から白い噴霧《ふんむ》が迸《ほとばし》りはじめた。成瀬はまずドアの火を鎮《しず》め、油溜《だ》まりにも消火液をぶちまけた。幸いにも、流れ出た灯油には引火しなかった。

藤堂が自分も始末する気になったのだろう。

成瀬は、空になった消火器を足許《あしもと》に置いた。

4

約束の時間は午後八時だった。

まだ十五分前だ。成瀬は二本目のビールを注文した。

渋谷の居酒屋『浜作』である。成瀬は隅のテーブル席で、磯村と浦《うら》を待っていた。

『豊栄フーズ』が自主廃業したのは、一昨日《おととい》である。

待つほどもなく、アルバイトの女子大生がビールを運んできた。

「あら、今夜はおひとりなんですか？」

「後で磯《いそ》さんが来ることになってるんだ」

「そうなの。成瀬さん、磯村さんから父娘《おやこ》ごっこのこと、聞いたでしょ？」

「いや、知らないな」

「そうなの」

「そういえば、いつか磯さんはきみに『一日だけおれの娘になってくれよ』なんて言ってたな」

「ええ。ちょっぴり不安だったんだけど、わたし、二週間ぐらい前に磯村さんと銀座の高級レストランに行ったんです。トリュフもフォアグラも初めて食べたんですけど、とってもおいしかったわ」

「それはよかったな」

「磯村さんが離婚したとき、お嬢さんは十六だったんだって。それ以来、ずっと会ってないらしいんです」

「その話は、おれも聞いてるよ。それから、ひとり娘がきみとちょっと似てるってこともな」

「食事中、磯村さんは横顔がそっくりだと何度も言ってました。お嬢さんは外資系の保険会社で働いてるらしいんだけど、街で擦《す》れ違ってもわからないかもしれないなんて寂しそうに笑ってました」

「娘さんは父親が離婚して、元アイドル歌手の許《もと》に走ったことがどうしても赦《ゆる》せなかったみたいだな」

成瀬は手酌《てじゃく》でビールを注《つ》いだ。

「そうなの。わたし、磯村さんの寂しそうな姿を見てたら、なんだか母性本能をくすぐられて、ホテルに連れてってなんて口走っちゃったんです。でも、磯村さんは苦笑しただけでした」

「磯《いそ》さんは、擬似《ぎじ》家族が欲しかっただけなんだよ」

「そうだったみたいね。レストランを出たら、わたしをタクシーに乗せて雑沓《ざっとう》の中に消えちゃったんです。それで、その翌日にお礼だと言って、これをくれたの」

アルバイト従業員は手首のブルガリの腕時計を見せた。

「よかったじゃないか」

「こんな高価な物を貰いっぱなしでいいのかしら？　一度ぐらいはホテルにつき合わないと悪いような気がしてるんです」

「いいんだよ、そんなことは考えなくたって。磯さんは、きみと父娘ごっこを愉《たの》しんだんだから」

成瀬はセブンスターをくわえた。アルバイトの女子大生は安堵した顔で、ゆっくりと遠ざかっていった。

それから間もなく、磯村が三十八、九歳の細身の男を伴《ともな》って店に入ってきた。連れは浦だった。成瀬は浦と名刺を交換し、ビールと数種の肴《さかな》を追加注文した。磯村と浦は並んで腰かけた。

「浦君は詩人なんだよ。自費出版だが、もう五冊も詩集を出してる」

磯村がそう言うと、浦はしきりに照れた。詩を書いているというから、並の人間よりも神経が繊細《せんさい》なのだろう。

アルバイトの女子大生が突き出しの小鉢《こばち》とビールを運んできた。

磯村は彼女に目で笑いかけただけで、何も言葉は発しなかった。女子大生も、ほほえみ返したきりだった。成瀬は何か仄々《ほのぼの》としたものを感じながら、浦と磯村のビアグラスを充《み》たした。

三人は軽くグラスを触《ふ》れ合わせ、それぞれビールを傾けた。

「早速だが、調査報告を頼むよ」

磯村が浦を促《うなが》した。浦が目をしばたたかせながら、成瀬に顔を向けてきた。

「まず『豊栄フーズ』の粉飾決算のことから話しましょう。同社は十年前から毎年、百億近い赤字を重ねてきました。そのことが株主に知られたら、経営の危機に晒《さら》されます。それで黒字だと取り繕《つくろ》って、株の配当を払いつづけてきたわけです」

「藤堂社長はどんな方法で資金繰りをしてたんです?」

「姿子《しなこ》夫人に投資会社を設立させ、『豊栄フーズ』の金を回してベンチャー企業の未公開株を買い集めさせてたんです」

「ベンチャー企業がマザーズに上場する際《さい》には、未公開株は何十倍にも株価が上がるって話ですよね?」

「ええ、ベンチャー企業が晴れてマザーズに上場できた場合は大きな売却益を得られます。しかし、ベンチャー企業も玉石混淆《ぎょくせきこんこう》でして、いい加減な会社も少なくないんですよ」

「暴力団の企業舎弟《フロント》がダミー会社をつくり、その未公開株を投資会社や一般投資家に売りつけて、計画倒産させるケースもあるみたいですね」

「その通りです。藤堂社長が奥さんにやらせてた投資会社も二、三年はおいしい思いをしたんですが、怪しげなベンチャー企業にまで投資をして大損をするようになってしまいました」

「それで？」

成瀬は先を促《うなが》した。

「頭を痛めた藤堂社長は、中国株に目をつけました」

「中国の株の売買をはじめたんですね？」

「ええ、そうです。十数年前から中国株ブームが本格化してますが、大化けする株が目白押しなんですよ」

「もう少し詳しく教えてもらえますか」

「はい。中国の株には、三つの市場があります。上海《シャンハイ》市場、深圳《シンセン》市場、香港《ホンコン》市場で、それぞれに証券取引所があります。そして、A株とB株に分けられてるんですよ」

「A株とB株はどう違うんです？」

「中国では一九九〇年に国内投資家向けにA株市場がスタートし、二年後に外資獲得を目的としたB株市場が開設されました」

「ということは、B株は外国人専用の市場なんですね？」

「最初はそうでした。ところが、外国人投資家が思ったほどB株を買ってくれなかったので、中国人投資家にも開放したんです。そのとたん、株価が急騰《きゅうとう》して、わずか三カ月で二・六倍にも跳《は》ね上がったんですよ。藤堂社長には先見《せんけん》の明《めい》があったんでしょう。姿子夫人に買い漁《あさ》らせた株が次々に化けたんです」

「中国株は安いらしいね」

　磯村が会話に割り込んだ。

「ええ、その通りです」

「磯村さん、意外に精《くわ》しいんですね」

「数年前に相場師の自叙伝の代作をしたことがあるんだよ。それで、ちょっと株の勉強をしたんだ。浦君、話をつづけてくれないか」

「はい。姿子夫人は、二年そこそこで三十倍にも跳ね上がった上海B株の成長企業株を大量買いしてたんですよ。株価が大きく上がったんで、笑いが止まらなかったでしょう」

「中国株で、どのくらい儲けたんでしょう？」

成瀬は浦に訊いた。

「あくまでも推定額ですが、百億円前後の売却益は得たと思います。藤堂社長はその儲けの半分を『豊栄フーズ』に還元し、残りを中国人起業家に投資したようです。しかし、詳しい投資先などはわかりませんでした」

浦がそう言い、ビールで喉《のど》を潤《うるお》した。

中国株を買ったり、向こうの私企業に投資することは別に非合法ビジネスではない。しかし、藤堂は何か闇《やみ》ビジネスに手を染めていたのではないか。そのことを夏日に知られてしまったので、おそらく藤堂は……。

成瀬はそう考えながら、煙草に火を点けた。

アルバイトの女子大生が刺身の盛り合わせ、鰈《かれい》の唐揚げ、豚の角煮《かくに》、肉じゃがなどを次々に運んできた。成瀬たちは、焼酎《しょうちゅう》のお湯割りに切り替えた。

「浦君、藤堂の個人資産はどうなってた？」

磯村が訊いた。

「田園調布の宅地と建物は去年の春、社長から姿子夫人に所有権が移っています。それから軽井沢と伊豆の下田にある別荘は、夏前に義弟と従弟《いとこ》に譲渡されてましたよ」

「社長の持ち株は？」

「二十万株ほどです」

「そう。浦君はどう思う？　われわれ二人は、計画倒産臭いと睨んでるんだが……」

「ええ、そう考えてもいいと思います。というのは、『豊栄フーズ』の顧問会計士の堀《ほり》江《え》正和《まさかず》にはいろいろ黒い噂《うわさ》があるんですよ」

「その堀江という奴のことを詳しく教えてくれないか」

「わかりました。堀江氏はちょうど五十歳で、虎ノ門に自分の事務所を構えています。いま現在、東証一部上場企業七社、二部上場企業十一社の顧問公認会計士を務めていますよ」

「たいしたもんだな」

「ええ、そうですね。しかし、裏で堀江氏は計画倒産の相談役を務めてるようなんですよ。氏と関わりのある資本金一億円以下の中小企業が過去十年間に四十九社も倒産してるんです」

「闇の計画倒産コンサルタントでもあるのか」

「そういう裏の顔を持ってることは、ほぼ間違いないでしょうね。堀江氏は悪徳弁護士や裏事件師とつき合って、アンダーグラウンドで甘い汁を吸ってるという噂が絶えない人物なんですよ」

「それじゃ、『豊栄フーズ』の藤堂社長は堀江の悪知恵を授《さず》かりながら、見込みのない会社を計画的に倒産させたと考えてもよさそうだな」

「断定はできませんが、その疑いは限りなくクロに近いと思います」

「そうか」

「浦さん、一昨日の藤堂社長の記者会見の模様をテレビでご覧になりました？」

成瀬は訊いた。

「ええ、観《み》ましたよ。それが何か？」

「会見の席で、藤堂は持ち株を処分した金を次世代向けの食品開発費に回したと言ってましたが、そのような情報を耳にされたことは？」

「いいえ、一度もありません。あのコメントは、おそらく嘘でしょう。持ち株の売却益は現金でどこかに隠してあるか、スイスかオーストリアの銀行の秘密口座《ナンバード・アカウント》にプールしてあると考えられます。多分、後者でしょうね。外国銀行の秘密口座なら、国税局も手が出せませんから」

「そういう話は聞いたことがあるな」

「政財界人が裏金をよく外国銀行の秘密口座に預けてるんですよ。大口脱税をしてる芸能プロダクション経営者やパチンコ店を全国展開してる連中も、秘密口座を隠し金庫にしてるんです。ぼくたち貧乏人には縁のない話ですがね」

浦が自嘲《じちょう》的に笑って、刺身に箸《はし》を伸ばした。釣られて磯村も、酒肴《しゅこう》を口に運んだ。

成瀬は焼酎のお湯割りを傾けた。

「浦君、これは推測なんだが、藤堂が中国共産党の幹部とか私営企業家と組んで、何か危ないビジネスをやってたとは考えられないだろうか？」

磯村が言った。

「その気になれば、非合法ビジネスはいろいろできるでしょうね。いまの中国人の大半は拝金《はいきん》主義者になり下がってます。人民解放軍の幹部が軍の制式自動小銃ＡＫ47を二百挺《ちょう》ほど台湾マフィアに横流しした事件が発覚しましたし、現職警官が死刑囚の内臓を臓器ブローカーにこっそり売ってたケースもあります。それから東南アジア在住の華僑《かきょう》が、雲南《うんなん》省に麻薬製造工場を幾つも持ってるという話も聞いていますよ」

「偽の漢方薬や痩《や》せ薬を造ってる連中もいるそうじゃないか」

「ええ、その話も知っていますどこの国でも同じだと思いますが、金の魔力に取り憑《つ》かれた連中は、ありとあらゆるダーティー・ビジネスに手を染めてるんです」

「そうだろうな。人間は欲の深い動物だからね」

「ええ、しかし、『豊栄フーズ』の社長を務めてた藤堂氏が中国人と組んで非合法ビジネスをやってたとは思えません。一代で成り上がったわけではなく、二代目社長ですからね。そこまで見苦しいことはしないでしょ?」

「しかし、落ちぶれたままで終わりたくないという気持ちもあったんじゃないのか?」

「そうかもしれませんが……」

浦は異論を唱《とな》えかけたが、口を噤《つぐ》んだ。

成瀬は磯村に目配せした。あまりしつこく藤堂の非合法ビジネスのことを話題にすると、浦に勘繰《かんぐ》られることになる。磯村はサインの意味を読み取り、話題を転じた。

三人は十時過ぎまで雑談を交わしながら、グラスを重ねた。

浦がひと足先に店を出たのは十時半ごろだった。成瀬は浦に謝礼を渡す気でいたが、すでに磯村が十万円の謝礼を払っていた。すぐに彼はその分を払おうとしたが、磯村は頑《かたくな》に受け取ろうとしなかった。

「いずれ成《なる》やんががっぽり口止め料をせしめたら、しっかり分け前に与《あず》かるつもりだから、気にしなくてもいいんだ」

「なんか悪かったですね」

「どうってことないよ。そんなことより、轢き殺された夏目常務は、藤堂のどんな悪事を押さえたのかな？」

「まさか密航ビジネスに金を回してるんじゃないでしょうね？」

「それはないだろう。大手食品会社の社長が蛇頭《じゃとう》組織と組むとは考えにくい。あっ、もしかしたら……」

「磯《いそ》さん、何か思い当たったんでしょ？」

「ああ、ちょっとね。ここに来る途中、浦君が言ってたんだが、姿子夫人は一年ほどペットショップを経営してたらしいんだ。営業不振で店を畳んでしまったそうだがね」

「磯さんは、藤堂がペットの密輸をしてたんじゃないかと？」

「うん、まあ。数カ月前にテレビのドキュメンタリー番組で知ったんだが、インドネシア、マレーシア、タイ、カンボジアの森林で密猟された珍獣をこっそり売ってる裏マーケットがバンコクにあるらしいんだ。客の多くは、日本人らしいんだよ。たとえば現地で数百円で売られてる甲羅《こうら》に七つの星がある七星亀は、日本の珍獣マニアたちの間で二、三万円で取引されてるというんだ」

「へえ」

「ボルネオ産の白い手長猿《てながざる》は現地で十五万円ぐらいらしいんだが、日本のペットショップで二百万円前後でこっそり売られてるそうだ。タイにしかいない小さなジャワ鰐《わに》になると、日本で最低二百万で売れるんだってさ」

「どの珍獣も現地で捕獲《ほかく》を禁じられてるんでしたよね？」

「そう。それだから、稀少価値《きしょうかち》があるわけだ。珍獣マニアたちが主にインターネットを使って密《ひそ》かに売買してるようだが、ペットショップでもタイ産のアロワナなんかは堂々と売られてるみたいだね」

「そうですか」

「それから番組では、日本人の現地買い付け業者もいると報じてたな。その連中はバンコクの裏マーケットで珍しい昆虫、蛇、小動物なんかを大量に買って、日本に帰る旅行者に小遣いを渡して手荷物に紛《まぎ》れ込ませてもらってるらしいんだ。成田空港で引っかかりそうな猿や虎の赤ん坊なんかは貨物船で運んでもらってるそうだよ」

「運悪く税関で没収されることになっても、現地での買い付け値段はめちゃくちゃ安い。だから、充分にビジネスになるわけか」

　成瀬は唸った。

「藤堂は奥さんに輸入が禁じられてる珍しい小動物をバンコクで大量に買い付けさせ、

インターネットを使ってペットショップや珍獣マニアに高値で売ってたんじゃないだろうか」

「数を捌《さば》けば、かなりの儲けが出そうですね。磯《いそ》さん、そのあたりのことを少し探《さぐ》ってもらえます？」

「ああ、引き受けた。それはそうと、これから田園調布の藤堂邸に行ってみるか？」

「敵は警戒心を強めてるようだから、仮に藤堂が帰宅してても、こっちの罠《わな》に嵌《は》まったりしないでしょ？」

「そうだろうな」

磯村が力なく応じた。

「おれは、これから『麗』に行ってみます。ひょっとしたら、関室長はママの志保のマンションに身を隠してるかもしれないんでね」

「そうか、そうだな」

「ここの勘定は、おれに払わさせてください」

成瀬は伝票を摑み上げ、先に立ち上がった。

第四章　謎の不良外国人狩り

1

客は三組しかいない。

閉店時間が迫っていた。『麗』だ。

成瀬は黒服の男に導《みちび》かれ、もう一度店内を見回した。やはり、ママの志保の姿は見当たらない。成瀬は中ほどのテーブル席に着いた。

「お客さま、お飲みものは何になさいます?」

黒服の男が片膝《ひざ》を落として、にこやかに問いかけてきた。

「ビールにしよう」

「かしこまりました。ご指名は?」

「渚ちゃんを呼んでくれないか」

成瀬は指名して、セブンスターに火を点《つ》けた。黒服の男が恭《うやうや》しく頭を下げ、テーブルから離れる。

入れ代わりに、渚がやってきた。カナリアン・イエローのスーツを着ていた。

「来てくれたのね。嬉《うれ》しい！　こないだは愉《たの》しかったわ。それから、とっても気持ちよかった」

渚が好色そうな笑みを浮かべ、成瀬のかたわらに坐《すわ》った。体を密着させるような坐り方だった。

「好きなもの飲みなよ」

「ありがとう。それじゃ、ブランデーソーダをいただくわ」

渚がマッチを擦《す》り、ボーイを呼び寄せた。小声で飲みものをオーダーする。ボーイが下がると、成瀬は顔を渚の耳許に寄せた。

「ママの姿が見えないな」

「ついさっき、お客さまと近くのお鮨屋《すしや》さんに出かけたの」

「早目のアフターってわけか」

「別にそうじゃないと思うけど」

「パトロンが店に顔を出したのかな」

「ううん、お客さまは関室長の知り合いの公認会計士なの」

「その公認会計士は、もしかしたら、堀江正和って男じゃないのか？」

「ええ、そうよ。どうして知ってるの⁉」

渚が目を丸くした。上瞼《うわまぶた》のハイライトがきらめいた。

「夏目先輩から、その公認会計士のことを聞いたことがあるんだ。確か堀江という男は、『豊栄フーズ』の顧問会計士をやってたはずだな」

「その通りよ」

「堀江氏はよく店に来てるの？」

「月に一、二度かしらね。来るときは、たいてい関室長と一緒なんだけど、今夜はおひとりで見えたのよ」

「ママを口説《くど》く気なんだろうか」

「さあ、どうなんでしょうね。ママには、ちゃんとしたパパがいるから、そう簡単には落とせないと思うわ」

「だろうな」

会話が途切れた。ちょうどそのとき、ボーイがビールとブランデーソーダを運んできた。

　渚がビールを注《つ》ぐ。二人は軽くグラスを触れ合わせた。

「関室長はよく店に来てるのかな？」

「最近は見てないわ。でも、ママとは連絡を取り合ってるみたい。きのう、ママがお客さまの見送りに出たとき、テーブルの上に置き忘れたスマホが鳴ったの。何気なくディスプレイを見たら、関室長の名前が表示されてたのよ」

「そう。それじゃ、関氏は夏目先輩の後釜《あとがま》になったのかな」

「それはどうかわからないけど、二人は時々、会ってるようね。ママは昔から恋多き女だったらしいから、パトロンに縛《しば》られた生活に耐えられなくなって、こっそり恋愛してるのかもしれないな」

「夏目先輩は、ただの遊び相手にされてたんだろうか」

「ただの戯《たわむ》れじゃなかったと思うわ。ママは、それなりに本気だったんじゃないのかな。だけど、夏目常務には奥さんがいるし、所詮《しょせん》はサラリーマン重役だったわけだから、お店がピンチのときに運転資金をおねだりするわけにはいかないでしょ？　だから、ママはパトロンと手を切れないんじゃないのかしら」

「そういうことか」

「ママの考え方は狡《ずる》いのかもしれないけど、こういうお店をつづけていくには、それなりの割り切り方をしないとね」

「そうなんだろうな」

「わたしは自分のお店を持ちたいとは思っていないから、いつ鈴木さんの彼女になってもいいわよ」

「考えてみよう」

「月に八十万いただけたら、あなたの専属になってもいいわ」

「少し時間をくれないか」

「ええ、いいわ。それはそうと、わたし、アフターの約束はしてないの。だから、あなたと朝までつき合ってもいいわよ」

「明日の午前中、人に会わなきゃならないんだ。ホテルには行けないが、ママたちのいる鮨屋に行ってもいいよ。ちょっと小腹《こばら》が空いてるんだ。店、抜けられる?」

「フロアマネージャーにちょっと訊《き》いてみるわ」

渚が立ち上がり、テーブルから遠ざかった。

成瀬はビールを一気に飲み干し、すぐにグラスを満たした。数分が流れたころ、ファー付きのコートを抱えた渚が戻ってきた。

「オーケーよ。このまま帰ってもいいって」

「それじゃ、出よう」

成瀬はチェックをしてもらい、渚と一緒に『麗』を出た。エレベーターに乗り込む。

目的の鮨屋は飲食店ビルの並びにあった。五十メートルも離れていなかった。

成瀬たちは店内に入った。

ママは五十年配の男と奥の付け台の前に並んで腰かけていた。

「連れの男性が堀江さんよ」

渚が耳打ちした。成瀬は小さくうなずき、ほぼ中央のカウンター席に渚と腰を下ろした。

志保が成瀬に気づいて、顔を強張《こわば》らせた。成瀬は、にっと笑った。

「ね、ビールにする？」

渚が訊いた。

「そうしよう。好きなものを遠慮なく喰《く》ってくれよ」

「ありがとう」

「ビールをくれないか」

成瀬は若い鮨職人に言って、煙草《たばこ》をくわえた。渚が素早くデュポンのライターを鳴らす。

待つほどもなくビールが運ばれてきた。渚は、白身の魚から握らせた。成瀬は黒鯛《くろだい》から抓《つま》みはじめた。鮃《ひらめ》、牡丹海老《ぼたんえび》と頬張《ほおば》っていると、志保がトイレに向かった。

成瀬は数分後、さりげなく立ち上がった。

トイレの前で待っていると、志保が出てきた。すぐに彼女は身を強張《こわば》らせた。

「連れと別れたら、ひとりで店で待っててくれ」

成瀬は小声で言った。

「何を考えてるの⁉」

「いいから、言われた通りにするんだっ」

「………」

「命令に逆《さか》らったら、おれは明日、パトロンのドクター唐島に会いに行くぞ」

「わかったわ」

「あと三十分は、この店にいろ。いいな！」

「それ、どういうことなの？」

志保が訝《いぶか》しげに訊いた。

成瀬は返事の代わりに、顎《あご》をしゃくった。鉄錆色《てつさびいろ》の着物姿の志保は小さく溜息《ためいき》をつくと、連れの許《もと》に戻っていった。

成瀬はトイレに入り、ドアの内錠を掛けた。磯村のスマートフォンを鳴らす。

「おう、成《なる》やん！」

「磯《いそ》さん、いま、どこにいるんです？」

「渋谷だよ。百軒店《ひゃっけんだな》のスナックで飲んでるんだ」

「タクシーを拾って、すぐ六本木に来てもらえる？」

「どういうことなのかな？」

「『麗』のママが堀江正和と六本木の鮨屋にいるんですよ。磯さんに堀江を尾行してほしいんだ」

「いいとも」

磯村が快諾《かいだく》した。成瀬は店名と堀江の特徴を教え、電話を切った。

用を足してから、付け台に戻る。渚は鮑《あわび》の握りを嚙《か》みしだいていた。

「腹がパンクするまで喰ってくれ」

成瀬は渚に言って、自分も鮪《まぐろ》のカマトロと穴子《あなご》を頼んだ。

店内には、カップルが四組しかいなかった。堀江が志保と何か話しながら、成瀬と渚を盗み見た。二人の関係が気になるらしい。

「ママ、急に暗い顔になったみたいだけど、どうしちゃったんだろう？」

渚が呟《つぶや》いた。

「連れの男にしつこくホテルに誘われて、困ってるんじゃないのか」

「そうなのかな。堀江さんは割に稼いでるみたいだけど、わたしなら、誘いに応じないわ」

「どうして？」

「顔が下脹《しもぶく》れで、脂《あぶら》ぎってるでしょ？　わたしの最も嫌いなタイプなの。それに、表と裏の顔を使い分けてる感じで、なんとなく信用できないのよ」

「そうかな。おれの目には、ただのおっさんにしか見えないがな」

「ううん、あの男性《ひと》は裏で何か悪さをしてるにちがいないわ。わたしね、昔、悪徳弁護士と少しつき合ったことがあるの。そいつと同じ体臭がするのよ」

「ふうん」

成瀬は興味なさそうに応じたが、内心、渚の勘の鋭さに舌を巻いていた。渚は、だいぶ男性遍歴を重ねてきたのだろう。

成瀬たちはビールを飲みながら、握りを食べつづけた。

やがて、志保が堀江と立ち上がった。磯村に電話をかけてから、三十数分後だった。

堀江が勘定を払い、二人は店を出た。成瀬はチェックを頼んで、渚に二つ折りにした五枚の一万円札を手渡した

「きょうはありがとう。少ないが、これは車代だ」

「気を遣《つか》ってもらっちゃって、すみません。今度は朝まで一緒にいたいわ」

「そう遠くない日に店に行くよ」

「待ってます」

渚が成瀬の手をぎゅっと握り、先に店を出た。成瀬は急いで支払いを済ませ、外に出た。

堀江は表通りに向かって歩いていた。ひとりだった。磯村を乗せたタクシーが低速で堀江を追尾《ついび》しはじめた。

「わたし、表通りで空車を拾います」

「タクシーを拾うまでつき合うよ」

「いいの、寒いから。それに、ジャガーは反対側に駐《と》めてあるんでしょ？」

「そう」

「だったら、ここで別れましょうよ。またね」

渚は手をひらひらさせると、急ぎ足で表通りに向かった。

成瀬は路上駐車してあるジャガーに急ぎ、グローブボックスからノーリンコ54を取り出した。それをベルトの下に差し込み、飲食店ビルに向かう。

飲食店ビルは、ひっそりとしていた。どの店も、もう看板になったのだろう。

成瀬は身構えながら、『麗』に足を踏み入れた。ママの志保が電話で荒っぽい男たちを呼び集めたかもしれないと警戒していたが、それは考え過ぎだった。

志保は中ほどのテーブルに向かい、細巻きの煙草を吹かしていた。

成瀬はドアの内錠を掛け、志保に歩み寄った。志保が喫《す》いさしのアメリカ煙草の火を揉み消し、艶《つや》っぽい目を向けてきた。なんとも色っぽかった。

「わたしをあまりいじめないで。パパに余計なことは言わないでほしいの。その代わり、あなたの欲しいものは差し上げるわ。口止め料、どのくらい欲しいの？　はっきり言ってちょうだい」

「いくら出せる？」

「百万ぐらいなら、なんとかなるわ」

「そんな端金《はしたがね》を貰《もら》っても仕方ない」

「派手な仕事をしてるけど、遣《や》り繰《く》りがけっこう大変なのよ。わたしが工面《くめん》できるのは、せいぜい百万ね。不足分は……」

「体で払うってわけか？」

成瀬は確かめた。志保が舌の先で上唇を舐《な》めながら、小さくうなずいた。

「関大輔は、そっちのマンションにいるのか？」

「えっ、何を言ってるの⁉　わたしの部屋には週に一度の割でパパが来るのよ。関さんを泊められるわけないでしょうが」

「それもそうだな。しかし、そっちは関の居所を知ってるはずだ」

「ご自宅にいるんでしょ？」

「空とぼける気か」

成瀬は口を歪《ゆが》めて、ハンドガンの銃口を志保の脇腹に突きつけた。

「撃たないで」

志保が掠《かす》れ声で言い、全身を震わせはじめた。

「関はどこに隠れてる？」

「わたし、わたし……」

「それじゃ、答えになってない」

「赤坂西急ホテルに泊まってるはずよ」

「部屋は？」

成瀬は畳みかけた。

「一三〇三号室だったと思うわ」

「夏目氏は、『豊栄フーズ』の社長をやってた藤堂の悪事を嗅《か》ぎ当てたんだろう？」

「そ、そういうことは、わたし、知らない」

「死ぬ覚悟ができたらしいな。念仏でも唱《とな》えるか」

「こ、殺さないで！　わたし、まだ死にたくないわ」

志保が涙声で命乞《ご》いした。

「だったら、もっと従順になるんだな」

「夏目さんは内部告発の証拠を集めてるうちに、藤堂社長が何かダーティー・ビジネスをしてることを知ったらしいの。でも、彼は具体的なことは何も話してくれなかったのよ。本当なの」

「嘘はついてないようだな。関の妻が藤堂の姪《めい》だってことは知ってるな？」

「ええ、それはね」

「関は夏目氏の腹心の部下を装いながら、藤堂の陰謀に加担してたようなんだ。もっとはっきり言ってやろう。そっちの浮気相手は夏目氏殺しに協力してた疑いがある」

「ま、まさか!?　藤堂社長が夏目さんを誰かに轢き殺させたの？」

「ああ、おそらくな。関はそっちを寝盗《と》って、夏目氏の動きを探《さぐ》ってたんだろう」

「つまり、彼はスパイだったというの⁉」

「そうだったと思われる。関はそっちにいろいろ甘い言葉を囁《ささや》いたと思うが、それは情報が欲しかったからだろう」

「夏目さんを殺す計画のためにわたしに接近したんだとしたら、彼のこと、絶対に赦《ゆる》せないわ」

「当然だよな。それはそうと、堀江正和が『豊栄フーズ』の顧問公認会計士だったことは知ってるだろう？」

「ええ」

「堀江が藤堂に悪知恵を授《さず》けて、『豊栄フーズ』を計画倒産させた疑いがあるんだ」

「う、嘘でしょ？」

「堀江は粉飾決算で『豊栄フーズ』の赤字をずっと隠してたんだよ。奴の素顔は、計画倒産コンサルタントなんだ。これまで数多くの会社を計画的に倒産させた。奴は鮨屋で、どんな話をしたんだ？」

　成瀬は訊いた。

「わたし、堀江さんに口説かれてたのよ。いまのパトロンと別れて、自分の世話にならないかって。お手当も、二倍出すと言われたわ」

「で、どう答えたんだ？」

「ちょっと時間が欲しいと答えておいたけど、堀江さんは好みのタイプとかけ離れすぎてるから、そのうち断るつもりよ」

「ほかの話もしたんじゃないのか？」

「ううん、それだけよ」

「そうか。おれのことを関や堀江に喋ったら、そっちはパトロンに見捨てられることになるぞ。それを忘れるな」

成瀬は言い捨て、大股《おおまた》で店を出た。エレベーターホールに向かっていると、磯村から電話がかかってきた。

「成《なる》やん、堀江正和は赤坂西急ホテルの一三〇三号室に入ったよ。部屋に愛人でもいるんじゃないか」

「いや、その部屋には関大輔が隠れてるはずです。『麗』のママに関の居所を吐かせたんだ」

「そう。堀江と関は何か悪い相談をしてるんだろう。成《なる》やん、どうする？」

「これから赤坂西急ホテルに向かいます。磯《いそ》さん、一階ロビーで待っててよ」

成瀬は通話を切り上げ、足を速《はや》めた。

2

右手首をゆっくりと捻《ひね》る。

万能鍵《かぎ》が金属を嚙《か》んだ。確かな手応えが指先に伝わってきた。防犯カメラはエレベーターホールにしか設置されていない。

成瀬は、見張り役の磯村に左手でVサインを送った。

磯村がにんまりした。赤坂西急ホテルの十三階である。午前一時を過ぎていた。

成瀬は一三〇三号室のドア・ロックを解除した。

磯村が歩み寄ってきた。二人は、そっと部屋の中に忍び込んだ。続き部屋《スイートルーム》だった。手前にリビングソファの置かれた控えの間《ま》があり、右手の奥が寝室になっている。

成瀬は目顔《めがお》で磯村を制し、仕切りドアを開けた。

次の瞬間、異様な光景が目に飛び込んできた。ダブルベッドの上で、関と堀江の二人が黒い紐《ひも》で亀甲縛《きっこうしば》りにした全裸の女性を弄《もてあそ》んでいた。

なんと女性は、『麗』のホステスの小夜子だった。どこか暗い印象を与える彼女だ。

両脚を折り畳まれて縛り上げられた恰好《かっこう》の小夜子は、もろに秘部を晒《さら》している。飾り毛は、そっくり剃《そ》り落とされていた。

小夜子の足許に胡坐《あぐら》をかいている堀江は、ブリーフ姿だった。左手の指の間に大小の筆を挟み、右手に持った芒《すすき》の穂《ほ》で小夜子の性器や内腿《うちもも》をくすぐっている。横に食《は》み出した脇腹《わきばら》の贅肉《ぜいにく》がなんとも醜《みにく》い。

素っ裸の関は小夜子の顔の上に打ち跨がり、黒光りしているペニスをしゃぶらせていた。

「いい加減にしやがれ！」

成瀬は一喝《いっかつ》して、寝室のドアを強く蹴《け》った。

その音で、堀江と関がほぼ同時に振り返った。

「おまえらはベッドにいる彼女を騙《だま》して、変態プレイをやってやがるんだな」

成瀬は関を睨《ね》めつけた。

「この女は金欲しさに、どんなプレイにも応じるんだよ。今夜の謝礼の二十五万は、ちゃんと渡してある。善人ぶるな！」

「いまの話は本当なのか？」

「ええ」

小夜子が成瀬の質問に答え、目を閉じた。すぐに目尻から涙があふれた。

「この女は、二年前まで信用金庫の預金係をやってたんだ。しかし、悪い男に引っかかって、オンライン操作を悪用して勤務先から一億六千万も横領したんだよ。身内が不動産を処分して七千万は弁済《べんさい》したんで告訴は取り下げてもらえたんだが、まだ九千万も借金が残ってる。ホステスの給料だけじゃ、とても金は返せない。だから、店の客たちを相手にしてサイドビジネスに励んでるのさ」

「彼女の紐をほどいてやれ」

「そうはいかない」

関が枕の下から西洋剃刀《かみそり》を掴み出し、起こした刃を小夜子の乳房に寄り添わせた。小夜子が驚きの声をあげ、裸身を硬直させた。

堀江が小夜子の恥丘に千枚通しの先端を押し当て、大声を張り上げた。

「きさまら、どうやって部屋に入ったんだっ」

「おれは万能鍵を持ってるんだよ」

「押し込み強盗だな？」

「白々《しらじら》しいぜ、堀江さんよ。おれのことは、そこにいる関大輔から聞いてるだろうが」

「わたしは何も聞いてない。二人とも、すぐに部屋から出ていけ！　さもないと、この女の大事なとこに千枚通しを突っ込むぞ」

「わたしは、小夜子の乳首を刎《は》ねてやる」

関が堀江の言葉を引き取り、小夜子の片方の乳首を乱暴に抓《つま》んだ。小夜子が短い悲鳴をあげる。

「おまえらは卑怯者《ひきょうもの》だ！」

磯村が関たち二人を詰《なじ》った。どちらも薄笑いを浮かべたきりだった。

成瀬はベルトの下からノーリンコ54を引き抜き、左の掌《てのひら》で撃鉄《ハンマー》を掻《か》き起こした。

「そ、その拳銃は⁉」

堀江が目を剝《む》いた
「モデルガンじゃないぞ。試《ため》しに、あんたの顔面を狙《ねら》って引き金を絞ってみようか？」

「やめろ、撃つな！」

「シュートされたくなかったら、千枚通しを捨てろ」

成瀬は声を張った。堀江が素直に千枚通しをダブルベッドの下に投げ落とした。

すかさず磯村がベッドを回り込み、千枚通しを拾い上げた。それから無言でベッドに近づき、堀江の左の肩口に千枚通しを垂直に沈めた。少しもためらわなかった。

堀江が野太《のぶと》く唸《うな》りながら、千枚通しを引き抜こうとした。磯村が堀江の下脹れの顔に唾《つば》を吐きかけ、千枚通しを左右に抉《こじ》った。

堀江の指の間から鮮血が盛り上がり、赤い粒《つぶ》が次々に弾ける。

「公認会計士か何か知らないが、おまえは人間としては屑《くず》だな」

磯村は言うなり、堀江の顔面に左のショートフックを浴びせた。

頬骨が鈍く鳴った。堀江はフラットシーツの上に転がった。

磯村は多少、ボクシングを心得ている。以前オヤジ狩りに遭《あ》ったことがきっかけで、二年ほどボクシングジムに通ったのである。

「おまえも屑野郎だ！」

磯村は千枚通しを引き抜くと、関に投げつけた。関がぎょっとして、上体を屈《かが》めた。

千枚通しは壁板に突き刺さった。

「この女の乳首がなくなってもいいのかっ」

関が喚《わめ》いた。成瀬はせせら笑って、銃口を関に向けた。

「剃刀をちょっとでも動かしたら、あんたの頭はミンチになる。それでもいいんだったら、やればいいさ」

「くそっ」

「おい、どうする？」

「負けたよ」

関が西洋剃刀を床に投げ捨てた。

磯村が西洋剃刀を抓《つま》み上げ、手早く小夜子の縛《いまし》めを断《た》ち切った。小夜子が手首を撫《な》でさすりながら、ベッドを降りた。彼女は成瀬たち二人に礼を言いながら、寝室を出ていった。浴室に向かったのだろう。

「彼女に割増料金を払ってやれ」

磯村が関と堀江を等分《とうぶん》に見てから、クローゼットの扉《とびら》を開けた。

関たち二人の札入れを見つけ出し、万札だけを抜き取った。二人分で優に二百数十万円はありそうだった。

関が舌打ちして、トランクスを穿《は》く。いつの間にか、ペニスは縮こまっていた。

成瀬は関と堀江を床に正坐させ、ベッドに浅く腰かけた。札束を手にした磯村は控えの間に移った。

「藤堂は『豊栄フーズ』を計画的に倒産させたんだな。いろいろ悪知恵を働かせたのは、あんただ。そうだなっ」

成瀬は堀江の顔を見据えた。

「計画倒産だって？　中小企業じゃあるまいし、そんなことができるわけないじゃないか」

「確かに『豊栄フーズ』は大手の食品会社だった。しかし、あんたが顧問契約してた東証一部と二部の大企業が何社も不自然な倒産をしてる。潰れた中小企業を含めれば、あんたは五十社ほどの倒産劇に関わってた。違うか？」

「日本経済は景気回復どころか、ボロボロなんだ。現に超一流の企業が自主廃業に追い込まれ、経営破綻《はたん》した地方銀行や信用金庫は数えきれない。有名デパートや準大手のゼネコンも潰れた。リゾートホテルやゴルフ場も閉鎖された。マンモス企業だって、明日はどうなるかわからない時代なんだ。『豊栄フーズ』が力尽《つ》きても、別に不思議じゃないさ。断じて計画倒産なんかじゃない」

「過去十年間、黒字だったんだろう？」

「粉飾決算なんて、どんな企業もやってる。程度の差はあってもな。実は『豊栄フーズ』は何年も前から、ずっと台所が苦しかったんだ」

「だから、藤堂は妻の姿子に投資会社をやらせたりしてたわけか。しかし、ベンチャー企業への投資はリスキーだった。そこで、今度は大化けを期待できる中国株を買い漁《あさ》らせて、そこそこ儲《もう》けた」

「…………」

堀江が目を伏せた。関は驚きの色を隠さなかった。

「藤堂は中国株で儲けた金を現地の私営企業家に投資し、その一方で持ち株をこっそり売却して、個人資金の名義を身内に変えた。あんたがアドバイスして、藤堂は着々と計画倒産の準備をしてた。去年の十一月に轢き殺された夏目常務が会社の不正を内部告発しそうだったので、もう『豊栄フーズ』に明日はないと判断したんだろう」

「どんな想像をしても、法律では罰せられない。好きな物語をこしらえればいいさ」

「まだ話は終わってない。最初おれは夏目氏が牛肉生産地の虚偽申請や無認可添加物の大量使用を内部告発しようとして、関に葬られたのではないかと推測した。しかし、どうやらそれだけじゃなかったようだ。藤堂は、夏目氏に致命的な弱みを握られたんだろう。ペットショップを潰した姿子夫人に東南アジアの珍獣を密輸させ、そのついでにタイから服《の》む覚醒剤《かくせいざい》でも買い付けさせてるのか？」

「あまりに話が荒唐無稽《こうとうむけい》なんで、まともに答える気にもなれないな」

「それじゃ、答えられるようにしてやろう」

成瀬は立ち上がって、堀江の額に銃口を突きつけた。

そのとき、磯村が小夜子と一緒に寝室に戻ってきた。小夜子はきちんと身繕《みづくろ》いをして、ルージュを引いていた。

「お金、いただけないわ」

「迷惑料として、受け取っておけよ」

「ちゃんと約束のプレイ代は貰ってるんです。それだから、余計なお金は受け取れません」

「欲なしだな」

「ただ、その二人は大っ嫌いです。どちらもお金を払ってるんだから、何をやってもいいんだという態度でした。お金はいりませんから、ちょっと……」

小夜子はそう言うと、堀江と関に近づいた。二人に札束を投げつけ、ロングブーツの先で背中を思うさま蹴《け》りつけた。

関と堀江が痛みに顔を歪《ゆが》めた。だが、どちらも小夜子には何も言わなかった。

「ちょっぴり気持ちが晴れたわ。ありがとうございました」

小夜子が成瀬と磯村に謝意を表し、軽やかな足取りで寝室から出ていった。

「この金は拾得物《しゅうとくぶつ》として、明日にでも交番に届けてやるか」

磯村がにやにやしながら、床に散乱した紙幣を拾い集めた。すると、堀江が忌々《いまいま》しそうに言った。

「持ち主は、はっきりしてるじゃないか。早く万札を返せよ」

「おまえらの金だという証拠があるかっ。札に持ち主の名でも書いてあるか?」

「ふざけるな!」

「とにかく、こっちが交番に届けるよ」

磯村が札束の耳を揃《そろ》え、上着のポケットに突っ込んだ。

「さて、さっきの続きをやるか」

成瀬は堀江を正坐させ直すと、ノーリンコ54の銃口をふたたび額に押し当てた。堀江はわなわなと震えながらも、口を引き結んだままだった。

「藤堂は何かとんでもないことをしてるんだろう?」

「こっちは、ただの顧問公認会計士だったんだ。藤堂さんのことをすべて知ってるわけじゃない」

「そうかい。あんたが藤堂と画策して、『豊栄フーズ』を計画的に倒産させたことも認めないってわけか?」

「われわれは、そんなことしてないっ」

「しぶといな」

成瀬は撃鉄を静かに押し戻し、銃把の底で堀江の頭頂部を強打した。頭蓋骨《ずがいこつ》が軋《きし》むような音をたてた。

堀江は凄《すさ》まじい声を放ち、達磨《だるま》のように転がった。頭皮が裂けたらしく、髪の毛は血で濡れはじめた。成瀬は堀江の腰を蹴りつけ、関の側頭部にノーリンコ54の銃口を突きつけた。

「あんたは藤堂の姪っ子を妻にした。藤堂とは親類になるわけだ」

「そ、そういうことになるが、藤堂社長は雲の上のお方だ。気安く声をかけられる存在じゃなかった」

「だから？」

「そういう関係だったので、わたしは計画倒産については何も知らないんだよ」

関がそう言い、慌《あわ》てて口に手を当てた。

「人間、嘘はつけないもんだな。あんたは、ついうっかり『計画倒産については何も知らないんだ』と口走った。自《みずか》ら墓穴《ぼけつ》を掘ったな」

「特に深い意味もなく、なんとなく計画倒産というワードを使ってしまったんだ」

「もう遅い！　あんたは腹黒いな。夏目氏の味方を演じながら、藤堂のスパイをやってたんだからさ。それだけじゃない。夏目氏の恋人だった石岡志保も寝盗《と》って、彼女からも情報を集めてた」

「それは誤解だよ。わたしは夏目常務の内部告発を密《ひそ》かに支持してたし、スパイめいたともしてない。志保と親密になってしまって、夏目常務には申し訳ないことをしたと思ってる。しかし、常務と同じように、わたしも志保を愛してしまったんだ。彼女は、男たちを虜《とりこ》にしてしまう魔性《ましょう》のようなものを秘めてるんだよ。性的な魅力もあるね」

「もっともらしいことを言うんじゃないっ」

成瀬は片手を大きく伸ばして、長い枕を掴《つか》み上げた。枕の中に銃身を埋めると、関が尻を浮かせた。

「枕で銃声を消す気なのか⁉」

「そういうことだ。完全に銃声を消すことはできないが、かなり効果はあるだろう。どっから撃ってやるか」

「やめろ、やめてくれーっ」

「太腿から撃つ！」

成瀬は羽毛枕《うもうまくら》ですっぽりと銃身をくるみ、銃口を下に向けた。

「おたくの言う通りだ。藤堂さんは堀江先生の指導を受けながら、およそ十年前から計画倒産の準備をしてたんだ」

関が早口で喋《しゃべ》った。かたわらの堀江が無言で幾度も首を左右に振った。

「やっぱり、そうだったか。夏目氏は内部告発の証拠集めをしていて、藤堂のもっと大きな悪事に気づいたんだなっ。それは、いったい何なんだ？」

「それについては、わたしは何も知らない。ほんとだよ」

「往生際が悪いな」

成瀬はわずかに的《まと》を外して、無造作に引き金を絞った。くぐもった銃声が轟《とどろ》き、放った弾頭は関の腿《もも》から十センチほど離れた床で跳ねた。

跳弾《ちょうだん》はサイドテーブルの向こう側に落ちた。

成瀬はスタントマン時代にちょくちょくハワイやグアムに出かけ、現地の射撃場《シューティング・レンジ》で各種の拳銃《けんじゅう》や自動小銃を実射していた。並の警官や自衛官よりも、ずっと銃器の扱いには馴《な》れている。

「いまのは威嚇《いかく》射撃だが、今度はまともに撃つぞ」

「もう赦《ゆる》してくれ。はっきりしたことはわからないが、藤堂社長はある刑事事件に関与してるかもしれないんだ」

「話が具体的じゃないな」

「去年の夏ごろから、不良外国人狩りが続発してるよね？」

関が確かめる口調で言った。成瀬はうなずいた。

最初の事件は新宿歌舞伎町で起こった。上海《シャンハイ》マフィアの幹部たち五人がチャイニーズ・レストランで会食中に正体不明の男たちに短機関銃《サブマシンガン》で扇撃《ファニング》ちされ、全員が射殺されたのだ。事件現場には、関東で最大の広域暴力団の理事の運転免許証が遺《のこ》されていた。捜査当局は、日本のやくざと外国人マフィアの抗争と睨《にら》んだ。遺留品の持ち主は任意同行を求められたが、その日のうちに帰宅を許された。疑われた理事が犯行日の三日前に車上荒《しゃじょう》らしに遭《あ》い、運転免許証や札入れを盗まれたことが確認されたからだ。

その事件の十日後の夜、大久保通りで春をひさいでいるコロンビア人街娼《がいしょう》たちが走るワゴン車から手榴弾《しゅりゅうだん》を投げつけられ、三人も死んだ。

逃げたワゴン車のナンバープレートは偽造されたものだった。大勢の目撃者がいたにもかかわらず、いまも犯人は逮捕されていない。

サンドイッチマンになりすました男が渋谷のセンター街で麻薬を売っているイラン人グループを五人も次々と刺し殺したのは秋口《あきぐち》だった。

その翌日にはタイ人ホステスたち四人が池袋の路上で拉致《らち》され、数日後に秩父《ちちぶ》山中で惨殺体《ざんさったい》となって発見された。

全員がレイプされ、手脚《てあし》を鋭利な刃物で切断されていた。一連の事件から犯人グループが不法滞在外国人を排斥《はいせき》したがっていることはうかがえたが、どの事件も未解決のままだ。

「藤堂が目障《めざわ》りな不良外国人たちを犯罪のプロたちに殺《や》らせてるってことか？」

「そのあたりのことははっきりしないんだが、去年の夏前から田園調布の自宅に破門された暴力団組員、元自衛官、労働組合の委員長なんかが出入りするようになったんだよ」

「労働組合の委員長もだって⁉」

「ああ。日本には五十万人前後の不法滞在外国人がいるらしいんだ。彼らを国外追放しないと、リストラ退職させられた中高年の再就職は難しくなると考えて、労組《ろうそ》の偉いさんも対立関係にある大企業社長に何か相談したのかもしれないな」

関が口を閉ざした。

そのすぐ後、控えの間で小夜子の悲鳴がした。磯村が寝室を飛び出す。すぐに彼は両手を高く掲《かか》げて、後ろ向きに寝室に戻ってきた。

成瀬はノーリンコ54を握り直し、ダブルベッドを回り込んだ。

そのとき、見覚えのあるオールバックの男が小夜子の片腕を摑みながら、寝室に入ってきた。岸和田兄弟会の元構成員と称した明石だ。明石は消音器を装着させたブローニング・アームズP45を握っていた。

小夜子の斜め後ろに西山が見える。その背後には、先夜、中目黒の路上で里奈を拉致しようとした二人組が立っていた。

長身の男は今夜も、黒革のロングコートを着ていた。その相棒は、オレンジ色のダウンパーカを羽織《はお》っている。

「おまえらは仲間だったのか」

成瀬は明石に言った。

「そういうこっちゃ。この女を死なせとうないんやったら、二人とも腹這《ば》いになるんや。それともサブから奪ったノーリンコ54で、わしと銃撃戦やるか？　好きなほうを選べや」

「おれたちの負けだ」

「なら、這いつくばってもらおか」

明石が余裕たっぷりに言った。

成瀬は磯村に目配せし、先に床に這った。オレンジ色のダウンパーカを着た小柄な男が走り寄ってきて、成瀬の手からノーリンコ54を奪い取った。

「わしの拳銃《チャカ》の子、何発使《つこ》うたんや？」

「さっき一発ぶっ放しただけだ」

「くそったれが。どたま、撃《ハジ》いたろかっ」

「吼《ほ》えるな。チンピラじゃ、人は撃てないだろうが」

成瀬は挑発した。

相手が気色《けしき》ばむと、明石が窘《たしな》めた。小柄な男は、おとなしく引き下がった。

いつからか、磯村は少し後ろで腹這いになっていた。

「お二人さん、早《はよ》う服を着てください」

明石が関たちに言った。二人は競《きそ》い合うように手早く衣服をまとった。

「われわれの金を返せ」

堀江が磯村の上着のポケットから札束を摑み出し、そのまま寝室を出た。慌てて関が堀江の後を追う。

「その彼女は、なんの関わりもないんだ。すぐ解放してやってくれ」

成瀬は怯《おび》える小夜子を見ながら、明石に言った。

「わかっとる。おまえらが追って来《こ》んかったら、この女にはなんもせえへん」

「追ったりしないよ」

「そうするんやな」

明石がそう言い、西山に合図した。

西山が腰の後ろから催涙《さいるい》スプレーの缶を取り出し、成瀬と磯村の顔面に噴霧《ふんむ》を吹きつけた。

「磯《いそ》さん、目をつぶったほうがいいよ」

成瀬は言って、瞼《まぶた》を閉じた。ハンカチを取り出して、目許《めもと》を覆《おお》う。

乱れた足音が遠ざかりはじめた。成瀬はハンカチで目許を覆いながら、控えの間まで這《は》い進んだ。目を擦《こす》りながら、部屋を走り出る。

廊下に小夜子がへたり込んでいた。敵の姿は掻き消えていた。

「もう大丈夫だ」

成瀬は小夜子に駆け寄って、優しく引き起こした。

小夜子が成瀬にしがみついてきた。成瀬は軽く抱きしめた。

3

張り込んで、すでに二時間が経過した。

成瀬は、堀江の事務所の見える場所に立っていた。虎ノ門にある雑居ビルの五階だ。非常口のそばだった。通路からは死角になる場所である。

赤坂西急ホテルで堀江と関を取り逃がした翌日の午前十一時過ぎだ。まだ堀江がオフィスに顔を出していないことは偽電話で確認済みだった。

成瀬は張り込む前に堀江の事務所に電話をしたのだ。受話器を取った女性事務員は、間もなく堀江が出勤すると答えた。

そんなことで、成瀬は堀江公認会計士の事務所の近くで張り込みはじめたわけだ。

しかし、まだ堀江は姿を見せない。奇襲を警戒して、当分、オフィスには近寄らないつもりなのか。そうなのかもしれない。しかし、もう少し粘ってみることにした。

成瀬はオリーブグリーンのレザージャケットの胸ポケットからスマートフォンを摑み出し、関の自宅近くで張り込み中の磯村に連絡を取った。

「磯《いそ》さん、どうです？」

「対象人物は家から一歩も出てこないんだ」

「そう。電話保安器にヒューズ型の盗聴器を仕掛けてくれました？」

「ああ、仕掛けたよ。しかし、関はどこにも電話はかけてない。少し前に妻には大学時代の友人から電話があったがね。そうそう、関のかみさんの名前は彩香《あやか》だったよ」

「関は外出しないかもしれないが、奥さんはスーパーに買い出しに行くでしょう。いざとなったら、彩香を人質に取りますか」

「成《なる》やん、その手でいこう。かみさんを人質に取れば、夫はもちろん、叔父に当たる藤堂も誘《おび》き出せるだろうからな」

「でしょうね。ただ、日中は拉致《らち》できないな。どこで彩香を引っさらうにしろ、人目につきやすいから」

「そうだな。拉致するのは夜のほうがいいだろう。ところで、まだ堀江はオフィスに顔を出してないの？」

磯村が問いかけてきた。

「そうなんですよ。堀江は警戒して、オフィスには近づかないようにしてるのかもしれないね」

「そうなんだろうか。ホテルに押し入ってきた関西の元極道たちの影は？」

「いまのところ、連中の影はちらついてません」

「そうか。成《なる》やん、油断するなよ。奴らは、いずれ成やんとおれを始末する気でいるんだろう」

「磯《いそ》さんも気をつけて」

「ああ。それはそうと、ホテルで関が言ってたことをどう思う？　ほら、藤堂の自宅に破門された暴力団組員、元自衛官、労組の委員長なんかが出入りしてるって言ってたじゃないか」

「あの話は嘘じゃないんでしょう」

「それじゃ、一連の不良外国人狩りをやらせてるのは藤堂なんだろうか」

「その可能性はあると思います」

「成やん、ちょっと待ってくれ。仮に藤堂が黒幕だったとしたら、どんなメリットがあると思う？　彼は、ずっと経済界で生きてきた男だよ。金にならないことをやる気になるだろうか」

「企業家は何よりも利潤《りじゅん》を追い求めるでしょうね。もしかすると、『豊栄フーズ』の建て直しが難しいと判断したときから、藤堂は生き方を変える気になったのかもしれませんよ」

「銭《ぜに》よりも、自分がやり残したことをやっておきたいと思うようになった？」

「ええ、多分ね。藤堂はもう六十一です。財界では若手ですが、ただのサラリーマンなら定年を迎える年齢です」

「そうだな。実業の世界で全力疾走してきたが、結局、親から引き継《つ》いだ『豊栄フーズ』を自主廃業せざるを得なくなった。多少の隠し財産を確保したんで、余生は思い通りに過ごしたくなったのか」

「そうなんでしょうね。長いこと景気が低迷してるんで、日本人全体がなんとなく自信を失ってる感じでしょ?」

「そうだな。ベースアップどころか、賃下げをする企業が続出してる。いまも失業率は約二・八パーセントだ。政府は一、二年したら、景気は好転すると言ってるが、それを真《ま》に受ける国民は多くないだろう」

「でしょうね」

成瀬は同調した。

「年金の支給額も少しずつ下がるかもしれないんで、多くの人々が将来の暮らしに不安を感じてる。そのくせ、大半の人間が政治不信に陥ってるから、本気で社会のシステムを変えようと積極的に選挙に関わろうとはしない」

「要するに、みんな、死んだように生きてる。とりあえず、自分の生活が維持できればいいと考えてね。弱者や貧者が救いの手を求めても、知らん顔してる。実際、他人に頼られても何もしてやれないんでしょうけどね」

「ま、そうだろうな。誰もが金だけじゃなく、心のゆとりまで失ってしまった。生き残ることで精一杯で、他人のことなんか眼中にない。考えてみれば、ひどい時代だ」

「だから、不法に日本に滞在してる外国人マフィアたちが好き放題やってるんでしょう」

「そういう傾向があることは否定できないな。彼らには怕《こわ》いものがないから、警察、法律、やくざもどうってことない。日本の治安《ちあん》は悪くなる一方だろう」

「ええ。藤堂が国粋《こくすい》主義者かどうかわかりませんが、不法滞在の外国人たちを快く思ってないんじゃないかな。おそらく日本人失業者たちも、安い賃金でアルバイトをやってる外国人労働者たちに働き口を奪われてると感じてるんでしょう」

「藤堂はそうした社会状況をなんとかしなければと考えて、荒っぽい連中に不良外国人狩りをやらせてる？」

磯村が確かめるような口調で言った。

「おれは、そんなふうに推測してるんですよ」

「成《なる》やんの推測通りだとしたら、藤堂は自分の隠し財産で謎《なぞ》のテロリストグループを雇ってるんだろうか。実業家だった男がやすやすと私財を投じる気になるかな？」

「それは疑問ですね。藤堂は何かダーティーなビジネスで荒稼ぎして、不良外国人狩りの実行犯たちを雇ってるんじゃないだろうか。夏目氏は偶然、その非合法ビジネスを知ってしまった。そのことを親友の安達隆行に打ち明けた。それで、二人は殺されることになったのか」

「そう考えれば、これまでの流れの説明はつくね。問題は殺された夏目周平が藤堂のどんなダーティー・ビジネスを知ったかだ」

「ええ。堀江は、そのあたりのことも知ってそうだな。関は、どこまで知ってるかですね」

「そうだな。成やんが堀江から手がかりを得られなかったら、関彩香を人質に取ろう。無理して藤堂を拉致しようとしたら、荒っぽい奴らに返り討《う》ちにされかねないからな」

「ええ、そうしましょう。何か動きがあったら、磯さんに連絡します」

成瀬は通話を切り上げた。

スマートフォンを懐に収めかけたとき、着信ランプが灯《とも》った。スマートフォンは掌《てのひら》の中で振動しつづけている。張り込む前にマナーモードに切り替えておいたのだ。

ディスプレイを覗《のぞ》くと、小夜子の名が表示されていた。二人は赤坂西急ホテルで別れる際《さい》、スマートフォンのナンバーを教え合ったのである。

スマートフォンを口許に近づけると、小夜子の声が流れてきた。

「ホテルで救《たす》けていただいたこと、心から感謝しています」

「当然のことをしたまでだよ。気持ちが落ち着いたら、一度ゆっくり会おう」

「そうしたいけど、三年後にならないと、あなたには会えません」

「どういうことなんだ？」

「わたし九千万円の借金を返済するため、ブルネイの大金持ちのセックスペットになることにしたんです。その方は五十代なんですが、来日するたびに『麗』に来てくれて、わたしの世話をしたいと言ってくれてたの。年間三千万円の手当をくださるって話ですので、三年間は向こうで彼の世話を……」

「ブルネイに行ってしまうのか」

成瀬は肩透《す》かしを喰《く》ったような気持ちだった。

「ええ、来週の金曜日にね。お店のお客さんたちと毎晩ホテルに行くよりは精神的に楽になると思ったので、わたし、意を決したんです」

「自分をもっと大事にしたほうがいいな。九千万で身売りするようなことをしなくってもいいと思うがね。といって、いますぐおれが金を都合してやれるわけじゃないんだが。半年か一年待ってもらえれば、おれがなんとか九千万円を工面《くめん》してやるよ」

「あなたにそこまで甘えるわけにはいきません。地道に働いて借金を少しずつ返してたら、おばあさんになっちゃいます。わたし、過去のことを早く清算したいんです」

「そうなんだろうが……」

「ブルネイのリッチマンに囲われる女は軽蔑《けいべつ》されるでしょうけど、わたしが地獄のような暮らしから脱《ぬ》け出すには、そうするしかないんです」

「そっちにはそっちの生き方があるから、おれはもう何も言わないよ。なんの力にもなれなくて、ごめんな」

「あなたって、善《い》い人なのね。もっと早く知り合ってたら、すごく好きになってたと思うわ」

「おれは善人なんかじゃないよ。悪党さ。現に悪いことを平気でやってる」

「たとえ法律を破ってたとしても、自分のことを悪党と言える男性《ひと》に悪人はいません。誰がなんと言おうと、あなたは善人です。神さまみたいな方だわ」

「やめてくれ。尻《けつ》の穴がむず痒《がゆ》くなる。それはそうと、いつか会いたいな」

「わたしもそう思ってますけど、会わないほうがいいでしょう。きれいな思い出は大事にしておきたいんです。どうかお元気でね。ありがとう！　そして、さよなら……」

小夜子が電話を切った。

成瀬は何か感傷的な気持ちになったが、リダイヤルキーは押さなかった。

世の中には、どうにもならないことがある。そのたびにセンチメンタルになっていたら、裁き屋稼業は務《つと》まらない。成瀬は気を取り直して、張り込みを再開した。時間が虚《むな》しく過ぎて、やがて正午になった。それでも、堀江はいっこうに現われない。

毎朝日報の小柴記者から電話がかかってきたのは午後一時過ぎだった。

「新宿中央公園で野宿してるホームレスたちの炊《た》き出しをやってるボランティアの大学生たちがさっき社に来たんですが、ちょっと気になることを言ってたんですよ」

「どんなことを？」

「去年の春ごろから新宿中央公園を塒《ねぐら》にしてたホームレスの男たちが毎月数人、軽井沢に割のいいバイトがあるからと言って出かけたらしいんですが、それっきり彼らは誰も公園には戻ってきてないというんです」

「宿舎付きの仕事に恵まれたんで、長野県に住みついちゃったのかな」

「ボランティア活動をしてる連中は出稼ぎに行ったホームレスの何人かにプリペイド式の携帯電話を渡したというんですが、誰とも連絡が取れなくなったというんですよ」

「消えたホームレスは何人なの？」

　成瀬は訊いた。

「新宿中央公園だけで十七人だそうです。ボランティアの大学生は池袋や上野のホームレスも失踪《しっそう》してるかもしれないと考えて、わざわざ現地に確かめに行ったらしいんですよ。その結果、池袋から五人、上野から九人のホームレスが消えてることがわかったそうです」

「併《あわ》せて三十一人のホームレスがいなくなったのか」

「そういうことになりますね」

「池袋や上野で野宿してた十四人も軽井沢に働きに行くとホームレス仲間に言い残して、信州に向かったんだろうか？」

「そうらしいんですよ。新宿中央公園から消えた元造船技師は、『豊栄フーズ』の子会社の仕事で日給二万円になるんだと仲間たちに自慢げに話してたそうです」

「えっ、『豊栄フーズ』の子会社の仕事なのか⁉」

「成瀬さん、何か思い当たります？」

「『豊栄フーズ』の社長だった藤堂博嗣の別荘が軽井沢のどこかにあるはずですよ。自主廃業する前に別荘の所有権は身内に移されたという話でしたがね」

「そうですか。藤堂氏が軽井沢に子会社を設立してたんでしょうか。三十一人のホームレスがその会社で働いてたとしても、誰とも連絡がつかなくなるのは妙ですね。成瀬さん、そうは思いませんか？」

「ええ、思います。出稼ぎに出かけたホームレスたちはタコ部屋みたいなとこに閉じ込められて、何か法律に触《ふ》れるようなことをやらされてるんじゃないのかな」

「たとえば？」

「合成麻薬の製造を手伝わされてるとか、密造拳銃のメッキ加工をさせられてるとか」

「なるほどね。ボランティアをやってる大学生たちは行方のわからない三十一人のホームレスは何か犯罪に巻き込まれたかもしれないと考え、何度か警察に相談に行ったというんですよ。しかし、まともに取り合ってもらえなかったとかで、毎朝日報の社会部に来たんです」

「そうなんですか」

「藤堂元社長は何か後ろ暗いことをやってるんだろうか。一度、軽井沢の別荘周辺を調べてみますよ」

「小柴さん、一連の不良外国人狩りについてはどう思われてます？」

「ホームレスたちの失踪と何かリンクしてるんですか？」

小柴が問い返してきた。

「いいえ、別にそういうわけじゃありません。おかしな事件が続発してるんで、なんとなく気になってたんですよ」

「不良外国人狩りの事件《ヤマ》は担当してないんで、よくわかりませんが、おそらく極右《きょくう》団体の仕業《しわざ》なんでしょう。そうじゃないとしたら、日本人失業者たちが不法滞在者たちに腹を立てて、凶行に走ったのかもしれませんね。中高年の失業者はなかなか再就職先が見つからないんで、だいぶストレスを溜《た》め込んでるでしょうから。誰かに八つ当たりしたくなる気持ちもわからなくはないな」

「国家機関が謎のテロリストグループを操《あやつ》ってるとは考えられませんか？」

「法務省あたりが増える一方の不法滞在者たちに業《ごう》を煮《に》やして、不良外国人たちを抹殺《まっさつ》してるのではないかと？」

「ええ、まあ。入国管理局は不法滞在者を摘発して、せっせと彼らを強制送還してます。しかし、半年も経《た》たないうちに、その連中は偽造パスポートや偽のビザを使って、ふたたび日本に舞い戻ってきてます」

「ええ、そうですね。わたしの知り合いの入管職員はイタチごっこに疲れ果てて、すっかり仕事に対する意欲を失っています」

「でしょうね。無理もないと思うな。そんな具合だから、法務省は面目《めんもく》丸潰れです。対外的にも威信《いしん》を保《たも》てなくなっています。現に外国のメディアは、不法滞在者に手を焼いてる日本は弱腰すぎるとも言い切ってます。いまの状況は、それこそ法治国家の恥です。別に民族主義者でなくても、なんとかしなければと思うんじゃありませんか？」

「それは思うでしょうね。歌舞伎町二丁目あたりには怪しげな外国人がたくさんいますし、大久保《おおくぼ》や百人町《ひゃくにんちょう》になると、日本人の数のほうが少ないぐらいです。他所《よそ》の国にいるような錯覚に陥《おちい》るほどです」

「ええ。言葉が通じないからか、なんとなく不気味でもありますよね。気の弱い者なら、そういう場所から早く遠ざかりたいと思ったりするでしょう」

成瀬は言った。

「確かに、おっしゃる通りですね。だからといって、国家機関が犯罪のプロたちを雇って、不良外国人狩りをやらせるというのはちょっと劇画チックでしょ？」

「そうかな」

「官僚たちが政治家並に腐りはじめてますが、そこまではやらないと思います。それより、ホームレスたちの行方を追ってみましょうよ」

「そうしますか」

「また、情報を交換しましょうね」

小柴がそう言って、先に電話を切った。

成瀬は通話終了ボタンを押し、すぐさま浦《うら》に電話をかけた。

磯村の知人の経済調査会社のスタッフは職場にいた。

「浦さん、先日はありがとうございました」

「いいえ、こちらこそ。成瀬さん、何か？」

「藤堂博嗣が身内に譲渡したという軽井沢の別荘の所番地《ところばんち》、わかりますよね？」

「ええ。少しお待ちいただけますか。いま、調査メモをキャビネットの中から取り出しますので」

「お手数をかけて、申し訳ありません」

「どういたしまして」

浦が保留ボタンを押したらしく、ビートルズの『レット・イット・ビー』が控え目に響いてきた。

別荘の所在地がわかったら、張り込みを切り上げて磯村と軽井沢に向かおう。

成瀬はスマートフォンを耳に当てたまま、レザージャケットのポケットから手帳を取り出した。

4

夕闇《ゆうやみ》の底だけが白い。

残雪だ。成瀬はジャガーFタイプの速度を少し落とした。車は軽井沢町の目抜き通りを抜け、三笠《みかさ》地区を走行中だった。

「このあたりは、確か古くからの高級別荘地だよな」

助手席の磯村が沈黙を破った。

「ええ、そうですね。政治家、大企業の社長、文化人なんかのセカンドハウスが幾つもあるはずです」

「豪壮《ごうそう》な別荘ばかりだな。最低でも敷地は三、四百坪はありそうだ」

「もっと広いんじゃないのかな。藤堂が身内に名義を変えた別荘は、この通りの奥まった場所にあると思います」

成瀬は徐行運転しながら、左右に視線を投げた。季節外れとあって、ほとんどの建物は暗かった。表札を一つずつ目で追っていく。

目的の別荘は五、六百メートル先にあった。

敷地は広かった。千坪近くありそうだ。内庭にはロータリーがあり、二十数台の高級乗用車が連《つら》なっていた。奥まった場所に建っているアルペン風の大きな山荘には、赤々と電灯が灯っている。

「何かパーティーが開かれてるようだね。成《なる》やん、もう少し先に車を停《と》めて、様子をうかがいに行こう」

「ええ、そうしましょう」

成瀬は少しアクセルペダルを踏み込んだ。

無人の別荘のガレージに無断でジャガーを駐《と》め、手早くヘッドライトを消した。エンジンも切り、車を降りる。大気は尖《とが》っていた。顔面や首に痛みさえ覚えた。

「猛烈に寒いな」

磯村が掌に息を吹きかけながら、足踏みしはじめた。

「車の中で待っててよ、磯《いそ》さんは。おれひとりで様子を見てきます」

「成《なる》やん、おれを年寄り扱いするなよ。人生百年と言われてる時代なんだ。まだおれなんか洟垂《はなた》れ小僧さ」

「そういえば、磯《いそ》さん、洟水《はなみず》が垂れてるな」

「ほんとかい？」

「冗談ですよ。磯さんがそう言うんなら、一緒に行きますか」

二人は道を逆にたどりはじめた。凍った路面は滑りやすかった。

成瀬たちは家鴨《あひる》のような恰好《かっこう》で慎重に進んだ。藤堂の別荘の前に達したとき、前方に車のヘッドライトが見えた。成瀬たちは別荘の前の自然林の中に走り入った。

ほどなくブリリアントグレイのメルセデス・ベンツが別荘の敷地内に滑り込んだ。

成瀬は目を凝らした。車から降り立った六十年配の男の顔には見覚えがあった。

「成やん、ベンツに乗ってたのはニュースキャスターの川本淳《かわもとじゅん》だぜ。ほら、アナウンサー出身のキャスターだよ」

「やっぱり、あの川本淳だったか。見覚えがある奴だと思ってたんですが……」

「川本が藤堂とつき合いがあったとは意外だな」

「ですね」

二人が言い交わしていると、今度はパーリーホワイトのプジョーが別荘のロータリーを回り込んだ。

フランス車から姿を現わしたのは、創作活《い》け花の家元である早坂留衣《はやさかるい》だった。ひところ留衣はテレビのワイドショーのコメンテーターとして出演し、雑誌にエッセイも発表していた。三十四、五歳だ。

元クラブホステスで、政財界の大物たちにかわいがられていることで知られていた。器量はそこそこだが、妖艶《ようえん》な女だ。

「成やん、見たかい？　いま山荘に入ってったのは早坂留衣だぞ」

「ええ、見ましたよ。最近、彼女はマスコミに登場しなくなったが、超大物のパトロンでもついたのかな」

「テレビ局にいる知り合いの話だと、彼女は数年前から『曙《あけぼの》』という短歌結社を主宰《しゅさい》してて、そっちで忙しくなったらしいんだ」

「そう。それにしても、早坂留衣が藤堂の別荘に現われるなんて思ってもみませんでしたよ」

「こっちもだ。ひょっとしたら、藤堂は短歌結社の同人なのかもしれないな。経済界で活躍してる連中は案外、短歌や俳句が好きだから。金儲けだけじゃなく、文芸にも興味があるってことを世間にアピールしたいんだろう」

磯村の言葉には棘《とげ》があった。

「そろそろ敷地の中に忍び込んで、山荘の中を覗いてみましょうか」

「もう少しここにいよう。まだ続々と客がやって来そうだからさ」

「そうしますか」

成瀬は磯村の提案に従った。急に煙草が喫《す》いたくなったが、我慢することにした。自然林の中で煙草の火が光ったら、誰かに怪しまれるだろう。

磯村の予感は正しかった。

数分置きにゲストと思われる男女の車が別荘の中に入っていった。裏社会の顔役らしい男の次に到着したのは、革新系政党の選挙母体である巨大労働組合総連の委員長だった。その次に別荘に入ったのは元力士のタレントだ。そのタレントのセンチュリーには、行動右翼のリーダーが同乗していた。

「ゲストの顔ぶれがユニークだな。左寄りの労働貴族もいれば、極右団体のボスもいる。やくざの大親分って感じの七十絡みの男も入っていきましたよね？」

成瀬は言った。

「そうだな。客が揃って短歌好きとは思えない。おそらく『曙』を隠れ蓑《みの》にして、連中は何かやらかしてるんだろう」

「磯《いそ》さん、その何かって、不良外国人狩りのこと？」

「その可能性はあるんじゃないか。それぞれイデオロギーは異《こと》なってるはずだが、目的達成のために力を合わせる気になったのかもしれないぞ。もともと筋者は体制派だし、極右の連中の思想的バックボーンは民族主義だ。彼らは、行儀の悪い不法滞在外国人たちがのさばってることを腹立たしく思ってるにちがいない」

「でしょうね。労働貴族だって失業率がなかなか下がらないのは、外国人の不法就労のせいだと考えてるだろうし」

「別荘に集《つど》った連中は立場やイデオロギーを超えて、不法滞在の外国人を処刑する気になったんじゃないのか。不良外国人狩りのことはテレビや新聞で派手に取り上げられてる。当然、不法入国した外国人たちは怯《おび》えはじめる。気の弱い奴は自《みずか》ら入管に出頭して、母国に逃げ帰る気になるだろう」

「一連の外国人狩りの狙《ねら》いは、それだったんだろうか」

「ああ、おそらくな」

「磯さん、行方不明の三十一人のホームレスのことなんですが……」

「成《なる》やんが言ってたように、その連中はこの近くの山の中かどこかで、合成麻薬を造らされてるのかもしれないぞ」

「麻薬ビジネスの収益《アガリ》で、外国人狩りの実行犯たちを雇ってるのかな」

「おそらく、そうなんだろう。社会的地位や財力を得た奴らは古今東西、決して自分の手は汚さないものだ。実行者として雇われたのは、金のない元極道や元自衛官なんだろう。夏目周平や安達隆行を手にかけたのは、解散したという岸和田兄弟会の明石たちなのかもしれない。あるいは彼らは半端仕事を請《う》け負《お》っただけで、夏目氏たち二人を始末したのは行動右翼か、別の暴力団の準幹部クラスとも考えられるな」

「ええ、そうですね」

二人は口を結び、自然石を積み上げた門柱のあたりに目を注ぎつづけた。

十分ほど経《た》ったころ、白っぽいベンツが山荘に横づけされた。運転席から姿を見せたのは公認会計士の堀江だった。

少し遅れて、藤堂と白髪の六十歳前後の男が後部座席から降りた。三人は、すぐに山荘のポーチに向かった。

「成《なる》やん、白髪の男は大阪の武闘派暴力団と呼ばれてる浪友会の岩見透《いわみとおる》会長だよ。うん、間違いない」

「そういえば、どことなく凶暴そうな面構えだったな」

「岩見は神戸連合会の前総長に目をかけられてた暴れん坊だったんだが、ほかの理事たちに妬《ねた》まれて、独立することになったんだ。若いときに三人、京都の博徒を段平《だんびら》で叩《たた》き斬《き》ってる。京都の大親分の自叙伝を代筆したとき、岩見の武勇伝を聞いたんだ」

「そのとき、磯《いそ》さんは岩見の顔写真を見せてもらったんですね？」

「ああ、そうなんだ。夏目氏は藤堂が外国人狩りに関与してることを何らかの形で知って、短歌結社が隠れ蓑になってることを嗅《か》ぎ当てたんじゃないのか」

「そして、夏目氏はそのことを裏付ける証拠を押さえて、友人の安達隆行に打ち明けたのかな」

「そう考えてもいいと思うよ。しかし、まだ謎が残ってる。夏目周平は、問題の証拠の写真や録音音声のメモリーの類《たぐい》をどこに隠したのか。敵の一味は安達父娘《おやこ》まで追い回したわけだから、切札はまだ向こうには渡ってないはずだ」

「依頼人の安達里奈には、もう一度実家をよくチェックしてみてくれと頼んどいたんですが、その後、何も連絡がないんですよ」

「そうか」

「磯さん、そろそろ行きましょう」

成瀬は促《うなが》した。

その直後、別荘の前にタクシーが停まった。降りた客は毎朝日報の小柴記者だった。

「彼は安達隆行の飲み友達だった新聞記者です」

成瀬は歩きだしかけた磯村を押し留《とど》め、詳しい経緯《いきさつ》を語った。

「取材に来たんだろうか」

「ええ、そうなんでしょう。小柴記者の動きを見てから、おれたちは別荘に侵入しましょうよ」

「そうするか」

二人は口を閉ざした。

小柴は別荘の前を二度行きつ戻りつすると、いきなり中腰で敷地内に走り入った。すぐに彼は庭の樹木に駆け寄り、暗がりの中を歩きはじめた。山荘のテラス伝いに進み、裏手に回り込む。どうやら取材に訪れたのではなさそうだ。

「建物の周《まわ》りをぐるりと歩いて、中の様子を覗く気なんだろう」

磯村が呟いた。成瀬は無言でうなずいた。

十分が過ぎ、二十分が流れた。だが、小柴はいっこうに戻ってこない。大胆にも建物の中に忍び込んだのか。そうではなく、見張りの男たちに取り押さえられてしまったのだろうか。

「小柴って新聞記者《ブンヤ》さん、どうも取っ捕まったみたいだな。成《なる》やん、行こう！」

磯村が意を決したように言った。

成瀬は小柴の安否《あんぴ》が気がかりだった。二人は林の中から出て、別荘の隣家まで駆けた。境界線の柵《さく》に沿って奥に進み、藤堂のいる山荘の真横で立ち止まる。

二人は柵を乗り越え、別荘の敷地に潜《もぐ》り込んだ。

うっそうとした林の中を抜け、山荘に接近した。テラスに面した大広間《サロン》らしい部屋から、笑い声が響いてくる。シャンパンか、ワインを飲んでいるのだろう。

「磯《いそ》さん、建物の裏に回ってみましょう。忍び込めそうな出入口があるだろうから」

成瀬は言って、先に移動しはじめた。重心を爪先《つまさき》にかけているせいか、ほとんど靴音は響かなかった。

磯村が姿勢を低くしながら、すぐに追ってくる。二人は山荘の真裏に回り込んだ。キッチンのごみ出し用のドアから侵入できそうだった。

成瀬は懐から手製の万能鍵を抓《つま》み出した。

ちょうどそのとき、ドアの向こうで人の気配がした。成瀬は磯村に目で合図して、素早く物陰に身を隠した。磯村も暗がりに屈《かが》み込んだ。

そのすぐ後《あと》、キッチンのドアが大きく開け放たれた。

電灯の光が地面を矩形《くけい》に照らした。山荘の中から、草色の寝袋を担《かつ》いだ二人の男が出てきた。明石と西山だった。寝袋の中には小柴が入れられているにちがいない。

唸《うな》り声もしない。寝袋そのものも、まったく動かなかった。

おそらく小柴記者は麻酔注射で眠らされたのだろう。それとも、麻酔ダーツ弾を撃ち込まれて昏睡《こんすい》中なのか。

明石たち二人は寝袋を担《かつ》ぎながら、山荘の前に回り込んだ。黒っぽいワンボックスカーに寝袋を投げ込むと、彼らは慌《あわ》ただしく車に乗り込んだ。

運転席に坐ったのは西山だった。ほどなくワンボックスカーは走りはじめた。

「成《なる》やんは、あの車を追ってくれ。おれは山荘の様子をうかがうよ」

磯村が言った。

「しかし、敵の牙城《がじょう》に磯《いそ》さんひとりを残しておくのは心配だな」

「大丈夫だって。おれは子供じゃないんだ。身に危険が迫ったら、暗がりに逃げ込む」

「しかし、この冷え込みだから、ずっと表にいたら、凍《こご》え死んじゃうかもしれませんよ」

「寒さが身に応えたら、ずっと足踏みしてるさ。いいから、早くワンボックスカーを追うんだ」

「わかりました。それじゃ、これを重ね着してください」

成瀬はレザージャケットを脱ぐと、ポケットの中身をすべてチノクロスパンツに移した。レザージャケットを磯村に渡し、ロータリーの横を抜ける。

ワンボックスカーはすでに門を出て、左方向に走り去った。

成瀬はジャガーを駐《と》めてある場所まで全速力で走り、大急ぎで車を発進させた。

表通りの少し手前で、ワンボックスカーに追いついた。成瀬は、ひと安心した。敵の車を見失ったら、小柴の運命はどうなるかわからない。

小柴の命も大事だが、大きな手がかりを得るチャンスだ。成瀬は何があっても、明石たちを追跡する気だった。

ワンボックスカーは国道一四六号線を北上し、鬼押《おにおし》ハイウェイのすぐ手前を左に折れた。浅間山の麓《ふもと》から中腹に向かい、樹海の中を進む。

数キロ走ると、ワンボックスカーは山の中の五階建ての古ぼけたホテルの駐車場に入った。廃業したホテルらしい。照明は点いていなかった。

成瀬はジャガーを駐車場には入れなかった。車を林道に駐め、怪しい建物に接近する。明石と西山がワンボックスカーから寝袋を引きずり出して、端と端を持った。そのままの姿勢で寝袋を建物の中に運び入れる。

成瀬は少し時間を遣《や》り過ごしてから、潰れたホテルのロビーに足を踏み入れた。真っ暗だった。目が暗さに馴《な》れるまで、成瀬は動かなかった。

少し経《た》つと、闇が透けてきた。成瀬は手探《てさぐ》りで歩きだした。

一階には事務室、備品室、厨房《ちゅうぼう》などがあったが、無人だった。エレベーターは動かなかった。成瀬は階段を使って、二階から五階までの客室を覗いた。

やはり、人の姿は見当たらない。成瀬は一階ロビーに戻り、今度は地下一階に降りた。

そのとたん、異臭が鼻腔《びこう》を撲《う》った。体臭と便臭が入り混じった臭気だ。吐き気を誘った。成瀬は口許を手で覆い、奥に進んだ。

機械室の中から男たちの呻き声が聞こえた。成瀬はスチールドアを開け、ライターに火を点けた。

鉄の足枷《あしかせ》を括《くく》りつけられた十数人の男がマットレスや敷蒲団《しきぶとん》の上に横たわっていた。

彼らの衣服は垢《あか》でてかてかと光っている。行方のわからなくなったホームレスだろう。

男たちは何か薬物を与えられたのか、一様《いちよう》に目の焦点が定まっていない。痩《や》せこけ、まるで病人のようだ。

成瀬は男たちに小声で呼びかけた。

しかし、応答する者はひとりもいなかった。失踪した路上生活者は三十一人いるはずだ。ほかの者はどこに監禁されているのか。小柴はどこにいるのだろうか。

成瀬は機械室の鉄扉《てっぴ》を閉めた。

そのとき、奥の暗がりで二つの光が揺れた。懐中電灯の光だった。

「どうして、ここがわかったんや!?」

明石の声だった。かたわらの西山が何か大声で喚《わめ》いた。

次の瞬間、銃声が轟いた。銃口炎《マズル・フラッシュ》は一つではなかった。明石と西山は発砲しながら、猛然と走ってきた。

ひとまず退散することにした。

成瀬は中腰で後退し、一気に階段を駆け上がった。表に走り出ると、繁《しげ》みの中に隠れた。

明石たちは建物の周辺をくまなく調べ、やがて館内に戻った。

連中にジャガーを見られるのは、まずい。車をもっと遠くに移して、反撃のチャンスを待つことにした。

成瀬は繁みから這い出し、自分の車に向かった。

第五章　恐るべき殺人遊戯

1

全身の震えが止まらない。

それほど山の夜気《やき》は凍《い》てついていた。午前二時過ぎだった。猛烈に寒い。

成瀬は廃業したホテルの庭園の裏手にいた。

庭園といっても、人工的な手入れは施《ほどこ》されていない。自然林を活《い》かした庭園だった。落葉松《からまつ》、栂《つが》、白樺《しらかば》などが点在し、萩《はぎ》や白膠木《ぬるで》の灌木《かんぼく》が彩《いろど》りを添えていた。

月明かりで、庭園全体を眺め渡すことができる。

なぜか庭園には、高いフェンスが張り巡《めぐ》らされていた。三メートルはありそうだ。

上部には、有刺鉄線と剝《む》き出しの電線が張られている。監禁している男たちの逃亡を防ぐためだろう。

成瀬は足許から枯れた小枝を拾い上げ、金網の上部に投げつけた。

次の瞬間、電線から火花が散った。高圧線が張り巡らされているにちがいない。小枝は弾《はじ》き飛ばされた。ややあって、建物の中から人が飛び出してきた。

成瀬は目を凝《こ》らした。

近づいてくる人影は西山だった。頭にヘッドランプを装着し、さらに大型の懐中電灯を手にしている。成瀬は繁みの中に隠れた。

「近くに隠れとるんやろ？」

西山が大声で言った。成瀬は息を殺した。

「おい、なんとか言いや。毎朝日報の小柴を救《たす》けに来たんやろ？」

「…………」

「小柴に会わせてやるさかい、早《はよ》う出て来いや」

「…………」

「なんや根性なしやな。いつまでも外におったら、凍《こご》え死ぬで」

西山が茶化すように言って、ゆっくりと建物に引き返していった。

敵はなんの目的で、ホームレスたちを監禁しているのだろうか。成瀬は西山の後ろ姿を見つめながら、そのことを考えはじめた。

地階の機械室に閉じ込められている男たちは、何か非合法な作業を拒《こば》んだために自由を奪われることになったのか。残りのホームレスたちは、別の場所で麻薬か拳銃《けんじゅう》の密造でもさせられているのだろうか。

そうだとしたら、命令に従わなかった男たちをいつまでも閉じ込めておくとは思えない。すぐに放り出すか、始末してしまうだろう。

成瀬はそう推測しながら、フェンスに沿って歩きはじめた。

百数十メートル進んだとき、暗がりの奥で何かが動いた。人間ではなさそうだ。獣だろう。成瀬はそっと屈《かが》み込んで、石塊《いしくれ》を拾い上げた。それを暗がりの奥に投げる。

石ころは樹木の幹《みき》に当たり、乾いた音をたてた。

ほとんど同時に、何か動物が素早く逃げ去った。大きさから察すると、猪《いのしし》だろう。あるいは、野犬だったのか。

成瀬は動物のいた場所まで歩いた。

ライターの炎を手で囲いながら、ゆっくりとしゃがみ込んだ。そのあたりの土は掘り起こされていた。縦幅七、八メートル、横幅四、五メートルの広さだった。

何かが埋められているにちがいない。

成瀬は立ち上がって、栂の小枝をへし折った。葉を毟《むし》り取り、小枝で足許の土を掻《か》き起こしはじめる。

三十センチ近く掘ると、死臭が鼻先を掠《かす》めた。吐き気を催《もよお》すような腐敗臭だった。わざわざ野生動物を埋めたとは考えにくい。人間の死体が土の中に横たわっているのだろう。成瀬は息を詰めながら、さらに深く穴を掘りつづけた。

と、小枝の先に何かが触《ふ》れた。成瀬は左手でライターを点《つ》けた。次の瞬間、思わず声をあげてしまった。

土の中から、人間の手がにょっきりと突き出している。腐乱して、ひどく臭《くさ》い。

成瀬は足で掘り起こした土を埋め戻し、ワークブーツの底で踏み固めた。

掘り起こされたスペースから推察して、埋められた死体は一体や二体ではなさそうだ。おそらく十人以上のホームレスの亡骸《なきがら》が埋まっているのだろう。

悪臭が鼻を衝《つ》いて不快だった。

成瀬は土を掘り返された場所から離れ、大股《おおまた》で歩いた。庭園の端まで歩くと、ようやく腐敗臭は薄れた。だが、まだ脳裏にはおぞましい光景がこびりついていた。断続的に嘔吐感《おうとかん》を催したが、胃液が込み上げてくるだけだった。

胃の中のものを吐ければ、楽になるはずだ。だが、仕方がない。

成瀬は目に溜《た》まった涙を手の甲で拭《ぬぐ》い、太い樹幹に凭《もた》れかかった。

埋められていたのは、ホームレスたちの死体と考えていいだろう。なぜ殺されることになったのか。敵は秘密を知られただけで、路上生活者たちを殺すものだろうか。たとえホームレスの誰かが非合法ビジネスのことを警察に話す可能性があったとしても、わざわざ命を奪う必要があったのか。

埋められた男たちは監禁中に衰弱死しただけなのだろうか。あるいは、敵は社会の落《らく》伍《ご》者たちには生きる権利がないと考え、彼らを嬲《なぶ》り殺しにしたのか。

どちらなのかわからなくなってきた。

成瀬は月を仰《あお》ぎ見た。そのとき、チノクロスパンツのポケットの中でスマートフォンが振動した。かなり前にマナーモードに切り替えておいたのだ。

ディスプレイを見ると、磯村の名が表示されていた。成瀬はスマートフォンを耳に当てた。

「成《なる》やん、無事だったか。よかった、よかった！　敵の手に落ちたんじゃないかと心配してたんだ」

「そんなドジじゃないですよ」

「いま、どこにいるんだい？」

「浅間山の廃業したホテルのそばにいます」

「廃業したホテルだって⁉」

磯村が驚きの声を洩らした。成瀬は経過をつぶさに伝えた。

「成《なる》やんの話を聞いて、謎《なぞ》が解けたよ。おいしいアルバイトの話で釣られた三十一人のホームレスたちは、人間狩り《マン・ハンティング》の標的にされてたんじゃないのか」

「磯《いそ》さん、話がよく呑《の》み込めないな。どういうことなんです？」

「いま、説明するよ。成やんが明石たちを追ってから、こっちはテラスの下に潜《もぐ》り込んで山荘の中にいる連中の話を盗み聴きしたんだ。藤堂と堀江の会話から、奴らの非合法ビジネスが麻薬や銃器の密造じゃないことがわかった。二人の遣《や》り取りから、各界の著名人に殺人遊戯を愉《たの》しませて、一千万円のゲーム代を取ってることが……」

「ホテルの庭園には高いフェンスが張り巡らされ、しかも高圧電流が通されるようになってます。ということは、庭園が人間狩りの狩り場になってるんだろうな」

「そう考えてもいいと思うよ。新宿、池袋、上野から連れてこられたホームレスの男たちはおそらく両手を縛られて、その庭園内に解き放たれるんだろう」

「そして、一千万円のゲーム代を払った有名人たちが何か武器を手にして、逃げる獲物を追い詰め、残忍な方法で殺してるんですかね」

「ああ、多分な。世の中にはいろいろタブーがあるが、歪《ゆが》んだ考えを持つ人間たちにとって、殺人は最高の快楽だと言われてる」

「サディズムの極致《きょくち》は、人殺しだという説を唱《とな》えてる社会犯罪学者もいますよね」

「社会犯罪学者だけではなく、心理学者や精神科医も同じことを言ってる」

「そうですか」

「成やんがいなくなってから、大物演歌歌手や映画監督が別荘を訪れたんだよ。おおかた、その二人は人間狩りを愉《たの》しみに来たんだろう」

「だとしたら、夜が明けきる前にマン・ハンティングの客たちがこっちに来るかもしれないな」

「ああ、おそらくね。それはそうと、毎朝日報の小柴記者を救い出すのは難しいみたいだな」

「救出するつもりで建物の中に忍び込むチャンスをうかがってるんですが、敵のガードが固くて……」

「成《なる》やん、どうする？　小柴記者や監禁されてる路上生活者たちのことを考えると、ここは一一〇番したほうがいいんじゃないのか？」

「まだ救出のチャンスはあると思うんですよ。建物の中には、明石と西山の二人しかいないようだから、なんとか反撃して……」

「成やん、こうしようじゃないか。夜が明けるまでに小柴記者やホームレスたちを救出できなかったら、警察の力を借りよう。あと一歩で藤堂に迫れそうなんだが、なんの罪もない人間を見殺しにはできないじゃないか」

「そうですね。夜が明けたら、おれ、警察に電話します」

　成瀬は同調した。

「それまでに小柴記者たちを救出できれば、ベストなんだがね。だからって、成やん、決して無謀《むぼう》なことはするなよ。命は一つしかないんだ」

「わかってますって。しかし、やるだけのことはやってみますよ。磯《いそ》さん、もう山荘から離れて、どこか暖かい所に移動したほうがいいな」

「成やんのレザージャケットを重ね着してるから、もう少し頑張れそうだよ。おれのことより、そっちのほうが心配だな。タートルネック・セーターの下には、長袖《ながそで》のTシャツ一枚しか着てないんだろう?」

「ええ。すごく寒いけど、絶えず体を動かしてるから、凍死はしないでしょう」

「成やん、いま、ニュースキャスターの川本淳、それから演歌歌手と映画監督の三人が浪友会の岩見会長の車に乗り込んだ」

磯村が囁《ささや》き声で告げた。

「その三人は、これからマン・ハンティングを愉《たの》しむつもりなんじゃないだろうか」

「そうなのかもしれない。車があれば、追跡するんだが……」

「おれ、なんとか人質を救い出します」

成瀬は電話を切ると、中腰で建物の前に回り込んだ。

明石や西山の姿はない。成瀬は半ば朽《く》ちかけている玄関《なか》に駆け込んだ。ロビーを横切り、抜き足で地下一階に下《くだ》る。

機械室は静まり返っていた。閉じ込められた男たちは眠っているらしい。

成瀬は足音を殺しながら、奥に進んだ。備品室というプレートのある部屋から明石と西山の話し声が洩《も》れてきた。

「西山、ウオッカはあと何本残ってんねん？」

「あと一本しかあらへんで。ジンは半分ほど残ってるけどな」

「いくら飲んでも、体が温《ぬく》うならへん。こない小さな石油ストーブや、どうにもならんわ」

「そやな。ランタンの灯《ひ》もなんや頼りのうて、なんか心細うなるわ」

「ほんまやな。西山、今夜のハンターは何時に来るんやったっけな？」

「午前四時に三人来るはずや。えーと、ニュースキャスター、演歌歌手、映画監督の三人やったと思うわ」

「そやったな。活《い》きのええ獲物は残っとらんけど、せいぜい逃げ回れる奴を用意せんとな」

「そやね。ハンターたちは一千万のゲーム代を払《はろ》うてるんやから、それなりに愉しませなあな」

「西山の言う通りや。殺し道具はちゃんと揃《そろ》てるやろな？」

「抜かりないわ。手斧《ておの》、山刀、トマホーク、スナッピング・ブラックジャック、棍棒《こんぼう》、鉛管、ブラス・ナックル、金属バットとちゃんと揃ってるで」

「そうか。いま思いついたんやけど、小柴いう新聞記者《ブンヤ》も今夜の標的にしたろ。奴はまだ元気やから、必死に逃げ回るやろ」

「そやろうな。くたばりかけのホームレスばかりやったら、ハンターたちも面白《おもろ》ないやろうから、それは名案や」

「よし、話は決まりや。後の二人は西山が適当に選んでくれへん？」

「任せておきいな。けど、ハンターたちも、あほやな。わしらがこっそり暗視ビデオカメラで追い込みのシーンを撮《と》っとることも知らんで、殺人ゲームを満喫《まんきつ》してはる」

「ほんま、とろいわな。後で集金係が殺人を裏づける映像を持って訪ねることも知らんで、いい気なもんや」

明石が高笑いをした。

ハンターたちから一千万円のゲーム代を取った上《うえ》、さらに法外な口止め料を脅し取っているようだ。藤堂はそうして集めた金で犯罪のプロたちを雇って、不良外国人狩りをやっているのだろう。

成瀬はそう思いながら、明石たちのいる部屋から離れた。

少し先に小部屋《こべや》があった。成瀬は忍び込み、ライターを擦《す》った。

木箱の中には、殺人用具がぎっしりと詰まっていた。成瀬は黒い警棒をベルトの下に差し込み、手斧を握った。インディアン・トマホークも奪いたかったが、少し重すぎる。

成瀬は小部屋を出て、さらに奥に進んだ。端の部屋に近づくと、かすかに鼾《いびき》が聞こえた。

成瀬は小部屋のドア・ノブに手を掛けた。

ロックはされていなかった。成瀬は小部屋の中に入り、ライターを点けた。床に小柴が転がっていた。

樹脂製の白い結束バンドで両手と両足を縛られている。

結束バンドは本来、工具や電気コードを束《たば》ねるときに用《もち》いるものだ。強度は針金並みである。そんなことから、アメリカの警官や犯罪者たちは結束バンドを手錠代わりに使っている。

成瀬は小柴の肩を揺すった。小柴が唸《うな》って、目を覚ました。

「あっ、成瀬さん！」

「声を出さないでください。あなたを救けに来たんです」

成瀬は言って、片手で小柴の縛《いまし》めを手早くほどいた。小柴が両手首を撫《な》でさすりながら、身を起こした。

「別荘に侵入しようとして、麻酔注射をうたれたんですよ。成瀬さんも、三笠の山荘の近くにいたんですね？」

「ええ、そうです」

成瀬は小声で経緯《いきさつ》を話した。

「関西弁の男たちは？」

「小部屋で酒を飲んでます。ひとまず建物の外に出ましょう」

「成瀬さん、その手斧はどうされたんです？」

「こっそり盗んだんですよ。あなたも、何か得物《えもの》を持ってたほうがいいな」

「それじゃ、ベルトに挟んでる警棒を貸してもらえますか？」

小柴が言った。成瀬はうなずき、警棒を手渡した。

二人は小部屋を出て、階段のある場所に向かった。備品室を通り抜けたとき、小柴が何かに蹴《け》つまずいて前のめりに倒れた。弾《はず》みで警棒が手から離れて、ころころと転がった。

成瀬は片腕で小柴を掴み起こした。

ちょうどそのとき、備品室から明石が飛び出してきた。明石は西山の名を呼びながら、懐を探《さぐ》った。拳銃を取り出す気なのだろう。

とっさに成瀬は手斧を投げつけた。

明石が驚きの声を発し、尻餅《しりもち》をついた。手斧はドアの横の壁板に深々と突き刺さっていた。手を伸ばしても届かない距離だった。備品室から西山が躍《おど》り出てきた。拳銃を手にしている。暗くて型《タイプ》まではわからない。

「逃げましょう」

成瀬は小柴に声をかけて、勢いよく走りだした。すぐに小柴が追ってきた。

二人は全速で駆けた。階段の踊り場まで達したとき、背後で銃声が響いた。二度だった。小柴が倒れた。成瀬は振り返った。小柴は後頭部を撃ち砕《くだ》かれていた。もう生きてはいないだろう。

成瀬は階段を一気に駆け上がり、建物の外に出た。繁みの中に走り入ったとき、明石と西山がエントランスロビーから走り出てきた。

成瀬は灌木《かんぼく》の枝を烈《はげ》しく揺さぶって、素早く横に移動した。明石と西山が相前後してハンドガンの引き金を絞った。

灌木の幹や枝が弾き飛ばされた。土塊《つちくれ》も舞った。

成瀬は同じことを三度繰《く》り返した。

明石たち二人の拳銃の弾倉が空になった。成瀬は繁みから飛び出し、二人のいる場所まで駆けた。明石に飛び蹴りを見舞う。明石が吹っ飛んだ。

成瀬は着地するなり、西山に回し蹴りを浴びせた。蹴りは相手の首筋を直撃した。西山も倒れた。

数秒後、黒いベントレーがホテルの駐車場に停まった。浪友会の岩見会長の車だろうか。

明石と西山が起き上がり、ベントレーに向かって走りはじめた。すると、ベントレーから黒ずくめの服を着た男が降りた。ミニウージーを構えている。イスラエル製の短機関銃《サブマシンガン》だ。

「立花《たちばな》の兄貴、なんの真似《まね》なんです？」

明石が黒ずくめの男に声をかけた。

「おまえも西山も役に立たん男やな。会長、怒っとるで。今夜のマン・ハンティングは中止やて」

「なんでですのん？」

「詳しいことは言えんが、後ろにいる男に秘密を知られたからや。会長は、みんな、始末せえ言うとる」

「わしらも撃つ気なんですか⁉」

明石と西山が声を揃えた。

立花と呼ばれた男が無造作にミニウージーの引き金を絞った。

低周波の唸りに似た銃声が響き、明石と西山が被弾した。二人は倒れたきり、そのまま動かない。成瀬は、ふたたび繁みの中に逃げ込んだ。立花が連射し、じきにスペアの弾倉《マガジン》に変えた。

ここは撃たれた振りをしよう。成瀬は短い悲鳴を放ち、体を斜め後ろに投げ出した。

立花はあたふたとベントレーに駆け戻った。車内にはニュースキャスター、大物演歌歌手、高名な映画監督がいるはずだ。三人とも人間狩りが中止になったことを残念がっていにちがいない。

ベントレーが急発進し、みる間に走り去った。

成瀬は起き上がって、タートルネック・セーターにくっついた葉を払い落とした。それから一一〇番通報する。

「浅間山の中腹にある潰《つぶ》れたホテルの地階に新聞記者の射殺体があります。それから地下一階の機械室に十人以上のホームレスが監禁されてます。早く彼らを救出してやってください」

「あなたのお名前は？」

通信指令本部の係官が問いかけてきた。

成瀬は黙って通話終了ボタンを押し、磯村のスマートフォンの短縮ナンバーに触れた。

2

藤堂の別荘の前に人が立っている。

成瀬は、ヘッドライトをハイビームに切り替えた。光が磯村を捉《とら》える。

磯村が別荘の車寄せを指さした。成瀬はパッシングして、ジャガーを別荘の敷地内に停《と》めた。車を降りると、磯村が駆け寄ってきた。

「藤堂たちはゲストと一緒に焦《あせ》って別荘から出ていったよ、十四、五分前に」

「おそらく浪友会の岩見会長が浅間山の廃業ホテルで異変があったことを藤堂に電話で伝えたんでしょう」

「そうなんだろうな」

「磯《いそ》さん、山荘の中に入ってみましょうよ」

成瀬はポーチに向かって歩きだした。数メートル進むと、磯村が肩を叩いた。成瀬は立ち止まり、振り返った。

「これ、ありがとう。おかげで、凍死しなくて済んだよ」

磯村が成瀬のレザージャケットを差し出した。成瀬は受け取り、タートルネック・セーターの上に羽織《はお》った。

「よし、山荘の中を物色してみよう」

磯村が促《うなが》した。

二人はポーチに急いだ。東の空が明るみはじめている。成瀬は万能鍵《かぎ》を使って、別荘の玄関ドアのロックを解除した。

玄関ホールは驚くほど広かった。

左手に大広間《サロン》があった。成瀬たちは土足で玄関ホールに上がり、照明を次々に点けた。最初にサロンに入る。五十畳ほどのスペースで、深々としたソファセットが二組据《す》えられていた。

大理石のテーブルには、シャンパングラスやワイングラスが幾つも載《の》っている。オードブルのキャビア・カナッペは半分ほど残っていた。

ワゴンの上には、ドン・ペリニヨンのゴールドが何本も並んでいる。磯村が銀色のシャンパンクーラーから二本抜き取り、栓《せん》を抜いた。

二人は高級シャンパンをラッパ飲みしながら、大広間をくまなく検《しら》べた。しかし、悪事を裏付けるような物は何も見つからなかった。

「磯《いそ》さんは階下《した》の全室をチェックしてくれますか。おれは二階の各室を検《しら》べてみます」

成瀬はサロンを出ると、ゆったりとした階段を駆け上がった。廊下を挟んで左側に三室、右側に四室あった。

右の端の部屋は書斎で、ほかの六室はベッドルームだった。成瀬は寝室を一つずつチェックしたが、何も収穫はなかった。

書斎は二十畳ほどの広さだった。

出窓寄りに桜材の両袖机《りょうそでづくえ》が置かれ、左手の壁際に書棚が並んでいる。ほぼ中央に総《そう》革張《かわば》りの茶色いオットマンが見える。飾り棚には、模型の帆船が並んでいた。その横に大型テレビがあった。

壁には三十号ほどの油彩画《ゆさいが》が掲《かか》げられている。北イタリアあたりの田園風景画だった。

成瀬は机の引き出しを次々に引き抜き、中身を床に撒《ま》き散らした。すぐ足許に『曙』の同人名簿が落ちていた。

成瀬は同人名簿を拾い上げ、頁《ページ》を繰《く》った。

短歌結社の主宰者は、やはり早坂留衣だった。名誉顧問は笠原功典《かさはらこうてん》になっていた。

笠原功典は軍事評論家で、書家《しょか》でもあった。国粋主義者としても知られ、民族派のリーダーともいえる存在だった。七十八歳だったか。

成瀬はテレビや雑誌で笠原の顔を知っていた。いかにも頑固そうな面相《めんそう》で、白髪《はくはつ》だった。マスコミに登場するときは、きまって和服を着ていた。

同人名簿の中には、藤堂博嗣、堀江正和、岩見透の名もあった。意外なことに、左寄りの文化人や労働貴族の名前もあった。

思想的に相容《あいい》れない連中がイデオロギーを超越して、同じ目的のために集まったのだろう。その目的とは、不法滞在の外国人たちの一掃だったにちがいない。短歌結社の同人たちは外国生まれの不穏分子《ふおんぶんし》たちを野放しにしておいたら、亡国に繫がると憂慮《ゆうりょ》したのではないか。

成瀬は同人名簿を丸め、レザージャケットのポケットに突っ込んだ。それから屈《かが》み込み、散乱した物品を仔細《しさい》に検《しら》べはじめる。

ビニール袋に入ったスマートフォンが目に留《と》まった。成瀬は泥の付着したスマートフォンを取り出し、電源を入れた。

持ち主を確かめる。当てずっぽうにパスワードを打ち込んでいく。やがて、夏目周平が使っていたスマートフォンであることがわかった。

成瀬は念のため、アドレス帳に登録された氏名をチェックしてみた。夏目の友人の安達隆行の名もあった。

去年の十一月に轢《ひ》き殺された夏目は藤堂の悪事を嗅《か》ぎつけ、この別荘まで来たのだろう。そのとき、スマートフォンを落としたにちがいない。

成瀬は、そう思った。もしかしたら、夏目は例の朽《く》ちかけたホテルまで行き、殺人ゲームをこっそり撮影したのかもしれない。

きっとそうにちがいない。それだから、夏目は葬《ほうむ》られ、親友の安達まで殺されることになったのだろう。

成瀬は夏目のスマートフォンをビニール袋に収め、レザージャケットのポケットに入れた。

　そのとき、磯村が書斎に入ってきた。

「階下《した》には、何も手がかりになりそうな物はなかったよ」

「こっちは収穫がありました」

　成瀬は同人名簿と夏目のスマートフォンのことを話し、自分の推測も付け加えた。

「成《なる》やんが言ったように、同人たちは思想を超えて、不良外国人の排除をしようと誓い合ったんだろうな。そして、黒幕は笠原功典なんだと思う。藤堂は参謀格で、陰謀の実行部隊の最高責任者だったんじゃないのかな」

「そうなんでしょうね。磯《いそ》さん、早坂留衣は藤堂か笠原の愛人なんじゃないのかな？」

「多分、どちらかの彼女なんだろう。それから、夏目常務がこの山荘まで来たことは間違いないな。おそらく彼は誰かに見咎《とが》められて、慌《あわ》てて別荘の敷地から出たんだろう。あるいは、取り押さえられそうになったのかもしれない。そのとき、スマートフォンを落としたんだろう」

「ええ、どっちかなんでしょうね」

「成やん、殺人ゲームを愉《たの》しんだ各界の著名人のリストや盗撮したビデオテープがこの部屋にあるかもしれないぞ。二人で手分けして、よく探してみようよ」

「そうしましょう」

「おれは、こっちをチェックしてみる」

磯村がそう言い、飾り棚に近づいた。

成瀬は反対側の書棚に歩み寄り、書物を一冊ずつ手に取った。中段の文学全集のフォークナーの本を引き抜いたとき、函《はこ》から一枚のＤＶＤが零《こぼ》れ落ちた。

「磯《いそ》さん、ちょっと来てください」

成瀬は声をかけながら、ヘミングウェイの全集を引き抜いた。そのケースの中にもＤＶＤが入っていた。

磯村が駆け寄ってきた。成瀬は二枚のＤＶＤを胸の高さに掲《かか》げた。

「ラベルには何も書かれてませんが、殺人ゲームをこっそり撮ったＤＶＤでしょう」

「ああ、おそらくね」

磯村が残りの十八冊の文学全集を手早く棚から引き抜いた。どの函にも、ＤＶＤが入っていた。

「多分、マスターなんだろう。再生してみましょうよ」

二人はＤＶＤを十枚ずつ抱え、大型テレビに歩み寄った。ＤＶＤプレイヤーが接続されている。

成瀬は床に胡坐《あぐら》をかき、ＤＶＤをプレイヤーに入れた。再生ボタンを押す。

映像が出た。

映し出されたのは潰《つぶ》れたホテルの庭園だった。みすぼらしい身なりの初老の男が恐怖に歪《ゆが》んだ顔で、懸命に林の中を逃げ回っている。

男は両手首を後ろ手に結束バンドできつく縛られていた。裸足《はだし》だった。

「ホームレスだろう」

磯村が呟《つぶや》いた。成瀬は画面を見つめた。

映像は、やや不鮮明だ。夜間に暗視ビデオカメラで撮影したのだろう。

逃げる男を追いかけているのは、名の売れたプロゴルファーだった。楠《くすのき》　肇《はじめ》という名で、まだ三十代だ。楠は右手にアイアンを握り、左手にグルカ・ナイフを手にしていた。ネパールの山岳民族出身の傭兵《ようへい》たちが用いている分厚いナイフだ。

追われる男は切り株に足を取られ、前のめりに倒れた。楠は蕩《とろ》けるような笑みを浮かべると、倒れた男に駆け寄った。

初老の男が肘《ひじ》を使って、上体を起こした。

そのとき、楠がゴルフクラブを水平に泳がせた。ヘッドは獲物のこめかみに当たった。ホームレスと思われる男は吹っ飛んだ。

楠はアイアンで、相手の腰と膝頭《ひざがしら》を打ち据えた。初老の男は体を左右に振ってから、四肢《しし》を縮めた。楠は男の全身をサッカーボールのように蹴りつづけた。執拗《しつよう》な蹴り方だった。

「残忍な奴だ」

思わず成瀬は、画面のプロゴルファーを罵《ののし》った。

やがて、初老の男はぐったりとなった。楠はグルカ・ナイフで相手の伸びた髪をザンバラにしてから、片方の耳を削《そ》ぎ落とした。それから、相手の心臓部にナイフを深々と突き入れた。

刺された男は短く痙攣《けいれん》し、間もなく動かなくなった。楠は満足げに笑い、グルカ・ナイフを引き抜いた。すぐに片膝をついて、死んだ男の腹や太腿にもナイフを突き立てた。

「防衛や復讐《ふくしゅう》のためならともかく、快楽殺人は許せないっ」

磯村が憤《いきどお》ろしげに言った。成瀬は何も言わなかったが、まったく同感だった。

プロゴルファーは引き抜いたグルカ・ナイフを繁《しげ》みの中に投げ捨てると、遺体に小便を引っかけはじめた。

「成《なる》やん、もういいだろう？　次のＤＶＤに替えてくれないか」

磯村が耐えがたそうな声で言った。

成瀬はDVDを差し替え、二枚目の映像を流しはじめた。ハンターは大手自動車メーカーの会長で、東日本商工会議所の会頭でもあった。末次恭太郎《すえつぐきょうたろう》という名で、七十五歳近い。

末次は老人とは思えない脚力《きゃくりょく》で四十代半ばの男をフェンス際《ぎわ》まで追いつめると、青竜刀で相手の首を刎《は》ねた。太刀捌《たちさば》きは鮮やかだった。どうやら剣道の心得があるようだ。

末次は生首をフェンスの上部の通電線めがけて投げ上げた。スパークし、青白い火が散った。焼け焦《こ》げた生首はフェンスの手前に落ちた。大きく見開かれた両眼は、恨めしげに虚空《こくう》を睨《にら》んでいた。

「もうたくさんって感じだけど、ひと通り観《み》ておかないとな」

成瀬は残りの十八枚のDVDをプレイヤーに入れた。

保守系の大物国会議員は命乞《ご》いする獲物の顔面を蹴り上げ、十数本の矢を射《い》た。三の矢は、相手の目玉をもろに貫《つらぬ》いた。

ベンチャービジネスで巨万の富を得た若手起業家は逃げる標的の背にインディアン・トマホークを埋めた。高名なファッションデザイナーは逃げ場を失った相手の胴を電動鋸《エンジン・チェーンソー》で真っ二つに切り分け、けたけたと笑いつづけた。

五十代の能役者は逃げ疲れた男を地べたに這《は》わせ、肛門《こうもん》を穢《けが》した。そして、射精時に西洋剃刀《かみそり》で相手の喉《のど》を掻《か》き切った。

老舗《しにせ》料亭の三代目は獲物の結束バンドをほどいて自由に逃げ回らせた揚句《あげく》、スナッピング・ブラックジャックの鉄球で頭部と顔面を叩き潰した。

どの殺人遊戯もクレージーだ。

俗に成功者と呼ばれている人間は想像以上のストレスを溜《た》め込み、精神のバランスを崩しやすいのだろうか。そうだとしても、赦《ゆる》される行為ではない。

成瀬は不快感と闘いながら、二十枚の快楽殺人映像をすべて観《み》た。

「どいつもこいつもまともじゃない。ハンターどもがどんなに偉くても、人間としては最低だな。下《げ》も下《げ》だ」

磯村が言った。

「その通りですね」

「DVDに映ってる二十人の人殺しは、それぞれ一千万ずつゲーム代を払ってる。それだけじゃなく全員、かなりの額の口止め料を脅し取られてるだろうから、藤堂たちは外国人狩りの実行犯を雇う金には困らなかっただろう」

「ええ、多分ね。磯《いそ》さん、この二十枚のDVDをおれの車に積み込みましょう」

「そうだな」

二人はＤＶＤを十枚ずつ積み重ね、それぞれ両腕で抱え上げた。書斎を出ようとしたとき、不意に黒ずくめの男が出入口を塞《ふさ》いだ。

立花だった。ミニウージーを構えていた。

「死にとうなかったら、二人ともＤＶＤを下に置くんや」

「おまえは大阪の浪友会の者だな？」

成瀬は確かめた。

「そや」

「明石と西山は岸和田兄弟会が解散したんで、浪友会に足《ゲソ》つけたんだな」

「あの二人は最初っから、浪友会《うち》の若い者《もん》やったんや。それから安達隆行の娘を拉致《らち》しようとした二人も、浪友会の人間や」

「岩見会長は藤堂に頼まれて、不良外国人狩りの実行犯集めをしたんだなっ」

「なんの話や？　わしには、さっぱりわからんわ。そないなことより、早《はよ》うＤＶＤを足許に置かんかい！」

立花が焦《じ》れて声を尖《とが》らせた。

成瀬は磯村に目顔《めがお》で、命令に従おうと告げた。磯村が先に十枚のＤＶＤを床に置いた。

成瀬は、それに倣《なら》った。

「二人とも両手を頭の上で重ねるんや。妙な気を起こしたら、蜂《はち》の巣になるで。それを忘れんこっちゃ」

立花が命じた。成瀬たち二人は逆《さか》らわなかった。

「ゆっくり部屋から出るんや」

立花が言って、廊下の端まで後退した。

成瀬と磯村は書斎を出た。立花が抜け目なく二人の背後に回り込んだ。

階段ホールには、剃髪頭《スキンヘッド》の太った男が立っていた。立花の舎弟だろう。コルト・ガバメントを握りしめている。二十七、八歳か。

「おまえは先に階段を降りるんや」

立花がスキンヘッドの男に言った。

太った男は短い返事をして、一気に階下まで駆け降りた。玄関ホールにたたずみ、コルト・ガバメントの銃口を成瀬に向けてきた。

立花に急《せ》かされ、成瀬たち二人は階段を下《くだ》った。成瀬は躓つまずいた振りをして、太った男に体当たりをした。相手がよろけた。

成瀬は男の利き腕に手刀《しゅとう》打ちを見舞い、膝頭で金的《きんてき》を蹴り上げた。

スキンヘッドの男が尻《しり》から玄関ホールに落ちた。成瀬は拳銃を奪って、太った男の胸部を蹴った。成瀬は手早くスライドを滑らせた。だが、初弾が薬室《チャンバー》に送られる手応えはなかった。

「くそっ、弾倉は空なんだ」

成瀬は、階段の中ほどにいる立花にコルト・ガバメントを投げつけた。

立花が身を躱《かわ》し、ミニウージーを連射させた。九ミリ弾の衝撃波が頭上や耳許を掠《かす》めた。後ろで、派手な着弾音がした。

「磯《いそ》さん、逃《フ》げ《ケ》ましょう」

成瀬は相棒に声をかけ、ポーチに走り出た。

磯村が頭を低くしながら、すぐに従《つ》いてきた。二人はロータリーの脇を走り抜け、山荘の前の自然林に逃げ込んだ。立花は車寄せまで追ってきたが、そこに留《とど》まった。

数分過ぎると、山荘の灯《ひ》が消えた。

太った男が慌《あわ》ただしくポーチに現われた。

手提《さ》げのビニール袋を持っていた。中身は二十枚のＤＶＤだろう。スキンヘッドの男が黒塗りのベントレーの運転席に乗り込み、エンジンをかけた。

立花が別荘の前の道まで走り出てきた。

すぐにミニウージーが銃口炎《マズル・フラッシュ》を吐いた。成瀬たちのそばの樹木に数発当たり、樹皮が弾け飛んだ。

「もっと退《さ》がろう」

磯村が成瀬の腕を引いた。やむなく成瀬は六、七十メートル後退した。

ベントレーが別荘から出てきた。

立花が短機関銃を鳴らしながら、ベントレーの後部座席に飛び乗った。成瀬は樹間を縫《ぬ》って、自然林を抜け出した。ベントレーは、もう見えなかった。

成瀬は磯村を見つつ、首を横に振った。

3

応接間はトロフィーだらけだった。

杉並区内にある楠肇の自宅である。成瀬は磯村と並んでソファに腰かけていた。二人は警視庁組織犯罪対策部第四課の刑事になりすまし、プロゴルファーの家を訪ねたのだ。

軽井沢で殺されかけたのは五日前だった。

すでに小柴記者は火葬されていた。長野県警は浅間山の廃業ホテルに監禁されていた十四人のホームレスを保護し、庭園のそばの林の土中から十七の腐乱死体や白骨体を掘り起こした。

保護された路上生活者たちの証言で、ホテルの庭園で殺人遊戯が行われていたことは明らかになった。しかし、彼らはハンターについては誰も詳しく喋《しゃべ》りたがらなかった。仕返しを恐れているからだろう。

成瀬たち二人はこの五日間、笠原功典、藤堂博嗣、堀江正和、関大輔、早坂留衣、岩見透の六人の行方を追っていた。だが、雲隠れした六人の隠れ家はついに見つからなかった。

応接間のドアが開き、セーター姿の楠が入ってきた。陽灼《ひや》けしていた。

「どうもお待たせしました。昨夜《ゆうべ》、アメリカから戻ったばかりなんで、まだ寝てたんですよ。もう午後一時過ぎなんだな」

「お寝《やす》みのところを申し訳ありません。わたしは井上《いのうえ》です。連れは幸田《こうだ》といいます」

磯村がもっともらしく言った。プロゴルファーの妻には、さきほど偽名刺を渡してあった。

「何かの事情聴取だとか？」

楠がそう言いながら、成瀬の前に坐《すわ》った。成瀬は楠の顔を直視した。

「浅間山での件で伺《うかが》ったんですよ」

「いま、なんとおっしゃったんです⁉」

「時間稼ぎはさせませんよ。われわれは、すでに殺人ゲームの盗撮映像を押収済みなんだ」

「えっ」

楠が絶句した。一拍置いて、磯村が楠の映っているＤＶＤの内容をつぶさに語った。

みるみる楠は蒼《あお》ざめ、小刻みに震えはじめた。

「あんたの人生は、もう終わりだな」

成瀬は言った。

「こ、殺す気はなかったんだよ。ホームレスの男を痛めつけてるうちに、だんだん興奮してきて……」

「殺意はなかっただと⁉　覆面パトカーの中にあんたの殺人ＤＶＤがある。奥さんと一緒に自宅で映像を観《み》てみるか？」

「か、勘弁してください。つい魔が差したんですよ。いまは深く反省しています」

楠がうなだれた。

「あんたは最初っから、殺人遊戯を愉《たの》しむ気でいた。そうなんだろうが！」

「ぼ、ぼく、岩見さんの誘いを断れなかったんですよ。レッスンプロ時代に何かと世話になったもんですので。それに、岩見さんは堅気じゃないんでね」

「ゲーム代の一千万円は現金《ゲンナマ》で岩見に手渡したのか？」

「いいえ、違います。指定されたのは、早坂留衣という女性の銀行口座でした」

「人間狩り《マン・ハンティング》してるとき、暗視ビデオカメラで盗み撮りされてるとは夢にも思ってなかったんだろうな」

「ええ。浪友会の立花という男が殺人ＤＶＤを持って訪ねてきたときは、本当にびっくりしました」

「複製ＤＶＤの買い取りを要求されたんだな？」

「立花という男は脅迫じみたことは言いませんでした。日本の治安を守るため、力をお借りしたいと繰り返すだけだったんですよ」

「紳士的に闇《やみ》取引を持ちかけてきたのか」

「ええ、まあ。でも、口止め料を払わなかったら、身の破滅になるんで、ぼくのほうから一億円をカンパすると申し出ました。そうしたら、立花はばか丁寧な礼を言って、お金を岩見会長が経営してるスポーツクラブの口座に振り込んでくれと言いました。ぼくは、その日のうちに一億円を払いました」

「そうか。立花はダビングしたＤＶＤを置いていったんだろう？」

「は、はい。妻が外出しているときに焼却しました。でも、脅迫者にマスターの映像は押さえられてるわけですから、複製ＤＶＤを燃やしても意味ないんですけどね」

「ま、そうだな」

成瀬は短く応じた。楠が意味不明の言葉を口走り、両手で頭髪を掻き毟《むし》った。

「一千万の殺人ゲーム代と一億の口止め料を振り込んだときの控えの伝票は残ってるね？」

成瀬は楠に訊いた。

「は、はい」

「後で、その二枚の伝票を渡してもらう」

「わかりました。刑事さん、わたしはどうなるのでしょう？」

「殺した相手が宿なしだったとしても、殺人の罪は重い。しかもゲーム感覚で人殺しをしたんだから、無期懲役になるだろうな」

「ああ、なんてことをしてしまったんだっ」

楠が拳《こぶし》で自分の頭を叩《たた》いた。

「東日自動車の末次恭太郎たち十九人のハンターたちも、あんたと同じ気持ちになるだろうな」

「もうおしまいだな、ぼくは」

「刑務所暮らしも捨てたもんじゃない。ちゃんと労役《ろうえき》を果たしてれば、税金で飯を喰《く》わせてもらえるわけだからな。読書もテレビを観《み》ることもできる」

「…………」

「もっとも服役囚の中には癖のある奴らがいるから、それなりの苦労もあるだろう。やたら新入りをいじめたがるのもいるし、有名人に反感を持ってる奴らも多い」

成瀬は言って、かたわらの磯村に目配せした。磯村が心得顔で上着のポケットに手を突っ込み、ICレコーダーの停止ボタンを押した。

「刑務所でそんな目に遭《あ》うんだったら、死んだほうが増しです」

「無責任なことを言うなよ。あんたは一年前にCMタレントだった奥さんと結婚したばかりなんだ。それに、奥さんの腹が大きくなってる」

「ええ、妊娠七カ月目に入ったんです」

「だったら、家族のために生き抜かなきゃな。自殺はよくないよ。人間は生《せい》を全《まっと》うしなきゃね。それは最低の義務なんじゃないのか」

「ぼくだって、死にたくなんかありませんよ。だけど、殺人容疑で起訴されたら……」

「一つだけ刑を免がれる方法がある」

「ほんとですか⁉」

楠が身を乗り出した。

「警察は六百数十人の有資格者《キャリア》たちが支配してる。警察官僚たちも所詮《しょせん》は、人の子だ。金や女に弱い男もいる。現に有力政治家の息子の殺人事件を揉《も》み消して、セカンドハウスとクルーザーを手に入れたエリートもいる。傷害事件や交通違反に目をつぶるぐらいは日常茶飯事なんだよ」

「そういう話は聞いたことがありますが、ぼく、偉い警察官僚はまったく知らないんです」

「おれの大学の先輩に有資格者《キャリア》がいるんだ。その先輩は女とギャンブルが大好きなんだよ。安い俸給じゃ足りなくて、あちこちの街金《まちきん》から借金しまくってる。総額で五千万にはなってるだろうな」

成瀬は作り話を澱《よど》みなく喋った。

「その借金をぼくが肩代わりすれば、あの夜のことはなかったことにしていただけるんですか？」

「あんたにその気があるんだったら、先輩に口を利いてやってもいいよ」

「ぜひ、お願いします」

「しかし、五千万円の借金を肩代わりするだけじゃ、あんたの事件《ヤマ》を揉み消すことは難しいな。現場の捜査官はもちろん、場合によっては検事にも鼻薬をきかせなきゃならないから」

「どのくらいのお金があれば、ぼくの犯罪に目をつぶってもらえるんです？」

「一本は必要だろうな」

「それ、一億円って意味ですね？」

「そう」

「そんな大金はありません。貯《たくわ》えは八千万円ぐらいしかないんです」

「八千万か。ちょっと足りないな。しかし、なんとかなるかもしれない」

「ぼくの事件を揉み消してくれるんでしたら、先に四千万の現金をお渡しします。タンス預金してあるんです。残りのお金は一両日中に用意しますので、どうかぼくを救《たす》けてください」

楠がコーヒーテーブルに両手を掛け、深々と頭を下げた。

「どうするかな」

成瀬は困惑顔を作り、磯村に声をかけた。

「キャリアの旦那《だんな》に少し泣いてもらって、おれたちの取り分を少なくすれば、八千万でも何とかなるんじゃないんですか？」

「そうだな。それじゃ、そういうことで手を打つか」

磯村が言って、楠に顔を向けた。

「八千万で揉み消してやろう。半金は持って帰る。すぐに用意してくれ。それから、さっき話した振込伝票を持ってきてくれないか」

「わかりました。少々、お待ちください」

楠が表情を明るませ、あたふたと応接間から出ていった。

成瀬《なる》は冷めた緑茶を飲み、煙草《たばこ》に火を点けた。

「成やん、同じ手で残りの十九人の殺人者からもカンパしてもらえそうだな」

「ええ、何人かは金を出すでしょうね。しかし、肝心のマスターを立花に奪い返されちゃったから、一千万円以上の口止め料をすんなり出す奴は少ないと思うな」

「だろうね。それでも残りのハンターたちから、四、五千万のカンパは得られるだろう。さらに上手《うま》くすれば、敵からも巨額を得られる」

「そうなったら、またラスベガスででっかい勝負をしましょう」

「いいね。ついでにカジノの近くに別宅を構えるか」

「大きく出ましたね。しかし、それぐらいは夢じゃないかもしれません」

「私欲に駆られ過ぎるのも、なんか見苦しい。殺人ゲームの餌食《えじき》にされた宿なしたちの墓ぐらいはこしらえてやらないとな。それから、売れない小説家たちを支援するぐらいの心意気を示したいね」

「磯《いそ》さんは、やっぱり古いタイプの人間だな。アナーキーに生きようって決めたんだから、なにも善人ぶることはないでしょうが？」

「別に善人ぶりたいわけじゃない。金銭だけに執着するのは、男の美学に反すると思ってるんだよ」

「男の美学とかダンディズムに拘《こだわ》ってたら、人生、つまらないでしょ？　いったん開き直ったんだったら、とことん悪党《ワル》になり切るべきだ」

「そう言ってる成やんだって、悪党に徹し切れてないぞ。そこがいいところなんだがな」

磯村が目で笑った。

そのすぐ後、楠が応接間に戻ってきた。胸に手提《さ》げ袋を抱えていた。

「一千万ずつパックしたものが四個入ってます」

「当然だが、領収証は切れないよ」

成瀬は腰を浮かせ、差し出された手提げ袋を受け取った。万札で一千万円だと、およそ一キロの重さになる。四キロの重みは心地よかった。

成瀬は札束入りの手提げ袋を磯村との間に置き、ソファに腰を戻した。楠が成瀬の前に坐り、二枚の伝票を差し出した。

成瀬は振込伝票を受け取り、金額を確かめた。間違いなく一千万円と一億円だった。

磯村がポケットの中のＩＣレコーダーの録音スイッチを押してから、楠に話しかけた。

「一連の不良外国人狩りのことは知ってるね？」

「ええ」

「襲撃犯を金で雇ってるのは、浪友会の岩見会長だと睨んでるんだ」

「えっ⁉」

「そういう気配は感じなかった？」

「ええ、全然」

「岩見の口から笠原功典という名を聞いたことは？」

「何度かありますす。岩見さんは若い時分、笠原功典のボディーガードをやってたそうですよ。極左グループに狙われたとき、体を張って笠原功典を護《まも》り抜いたんだって言ってました。そのとき、鉄パイプで左の肩の骨を折られて、いまもジョイント金具が埋まってるんだと……」

「二人の結びつきについて何か知ってる?」

「民族派の集会で意気投合したという話は聞いたことあります。詳しいことは知りませんけどね」

「そう。倒産した『豊栄フーズ』の社長をやってた藤堂との関係については?」

「岩見さんは、『豊栄フーズ』の株主総会を仕切ってたはずですよ。総会屋やブラックジャーナリストたちを追っ払ってたんでしょう」

「だろうな。『曙』の短歌結社を主宰してる早坂留衣のことを聞いたことは?」

「あります。その女性《ひと》は笠原功典の隠し子で、藤堂氏の愛人だと聞いてます。藤堂氏は筋金入りの国粋主義者らしいんですけど、ビジネスの場ではリベラリストを装ってたみたいですね」

　楠が答えた。

「公認会計士の堀江のことは?」

「その方のことは何も知りません」

「そうか」

「刑事さん、揉み消しの件でお世話になるキャリアの方のお名前を教えていただけないでしょうか」

「なぜ、キャリアの名を知りたがる？」

「参考までに伺っておきたいと思ったんですよ」

「いま、その人物の名前を教えるわけにはいかないな。事が首尾《しゅび》よく運んだら、引き合わせてやろう」

「はい、ぜひお願いします」

「残りの四千万は預金小切手でもいいよ。三日以内に用意してほしいな」

磯村が楠に言って、成瀬を目顔で促《うなが》した。

成瀬は手提げ袋を持ち上げ、ソファから立ち上がった。すぐに磯村も腰を浮かせた。

二人は楠夫妻に見送られ、表に出た。

ジャガーは石塀の際《きわ》に駐《と》めてある。成瀬は四千万円入りの手提げ袋をトランクルームに投げ込んでから、運転席に入った。

「別れるときに磯《いそ》さん、二千万を持って帰ってください」

「おれは一千万だけ貰《もら》っとくよ。今回の事件の発端は、成《なる》やんが安達里奈に頼まれて彼女の父親捜しを引き受けたんだから」

「磯さん、水臭いことを言わないでほしいな。どっちが先に札束の匂いを嗅ぎ取っても、分け前は五分五分ですよ。そうしたほうがコンビはうまくいくんじゃないかな。ね、そうしましょう？」

「成やんがそこまで言ってくれるんだったら、半分貰うことにするよ。それはそうと、これから予定通りに関大輔の妻の彩香を人質に取るんだな？」

「ええ」

成瀬は車を発進させた。

関の自宅に着いたのは午後二時半過ぎだった。二人は刑事を装って、家の中に入り込んだ。関の妻は不安そうな顔で、成瀬と磯村を居間に通した。十五畳ほどのスペースだった。

彩香は四十歳にしては若々しかった。体の線はあまり崩れていない。叔父の藤堂と目許が似ていた。

「奥さんおひとりですね？」

磯村が彩香に確認してから、居間のカーテンを引いた。室内が仄暗《ほのぐら》くなった。

「ど、どうしてカーテンなんか閉めたんです⁉　あなた方、刑事さんじゃないのねっ」

「その通りです」

成瀬は彩香の首を片腕でホールドし、すぐさま当て身を見舞った。彩香が唸りながら、膝から崩れた。すでに気を失っていた。

成瀬は手早く彩香の衣服と下着を剝《は》ぎ取って、花器から抜き取った赤いスイートピーを飾り毛の上にそっと乗せた。

「四十でも、ナイスバディだね」

磯村が言って、スマートフォンのカメラで仰向《あおむ》けに横たわった彩香の裸身をさまざまな角度から撮影した。たいした時間はかからなかった。

「ついでに味見したいんだったら、おれ、別室に移ってもいいですよ。磯《いそ》さん、どうします?」

「三、四十代の熟れた女には関心があるが、情感の伴わないセックスは駄目なんだよ。成《なる》やん、早く服を着せてやってくれ」

「了解!」

成瀬は最初に彩香に水色のパンティーを穿《は》かせ、ブラジャー、ブラウス、セーター、スカートを着せた。パンティーストッキングを穿かせ終えたとき、関の妻が意識を取り戻した。

「わ、わたしに何をしたの⁉」

「性的ないたずらはしていない。ただし、奥さんの全裸姿を相棒がスマートフォンで撮らせてもらった」

「なんで、そんなことをしたんですっ」

「旦那と藤堂博嗣の隠れ家が知りたいんだ」

「あなた方は何者なの？」

「気取った言い方をすれば、裁き屋ってことになるのかな。おれたちは狡猾《こうかつ》な悪人を見ると、やっつけたくなる性質《たち》なんだよ」

「夫が、関が何をしたって言うんです？　叔父は最近まで『豊栄フーズ』の社長を務めてたんですよ。悪いことなんかしてるわけありません」

「旦那も藤堂も裏の顔を持ってたんだ」

「だから、どんな悪事を働いたのか教えてほしいと……」

「身内のダーティーな面は知らないほうがいいな。二人の潜伏先を教えないと、少し痛めつけることになるよ」

「荒っぽいことはしないでください！」

「だったら、協力してくれないか」

「夫は神田のビジネスホテルにいます」

　彩香が観念した表情で、ホテル名と部屋番号を告げた。

「藤堂は、どこに隠れてる？」

「叔父のいる場所は知りません。本当に知らないんです」

「そうか」

成瀬は彩香のヒップの後ろに手を回し、パンティーストッキングを一気に引きずり下ろした。

「わたし、嘘《うそ》なんかついてません。お願いだから、おかしなことはしないで！」

「勘違いするな。あんたに人質になってもらいたいだけだ」

「人質？」

彩香が考える顔つきになった。成瀬は黙殺し、パンティーストッキングで彩香の両手首をきつく縛り上げた。立ち上がり、磯村に耳打ちした。

「おれは神田のビジネスホテルに行きます。関をここに連れてくるまで、磯《いそ》さんは彩香の見張りを頼みます」

「オーケー！　ベルトか何かで、関夫人の両足も縛っておこう」

磯村が彩香のそばに寄った。

成瀬は居間を出て、玄関に向かった。ジャガーに乗り込み、神田淡路町にあるビジネスホテルをめざす。四十分ほどで、目的のホテルに着いた。

成瀬は車をホテルの駐車場に入れ、エレベーターで六階に上がった。

教えられた部屋は六〇一号室だった。成瀬は万能鍵を取り出した。だが、ドアはロックされていなかった。静かにドアを開け、室内に忍び込む。シングルの部屋だった。

関はベッドに俯《うつぶ》せになっていた。寝息は聞こえない。身じろぎ一つしない。

成瀬はベッドに歩み寄った。

関の首には、黒い革紐《かわひも》が二重に巻きついていた。成瀬は関の右手首を握った。脈動は熄《や》んでいた。藤堂が姪の夫を誰かに殺《や》らせたのだろう。

成瀬はベッドから離れた。

ちょうどそのとき、部屋のドアが細く開けられた。すぐに何かが投げ込まれた。それは黒っぽい手榴弾《しゅりゅうだん》だった。

成瀬は手榴弾を蹴り返し、床に身を伏せた。

炸裂音《さくれつおん》が轟《とどろ》き、赤みを帯びた橙色《だいだいいろ》の閃光《せんこう》が拡《ひろ》がった。六〇一号室のドアが噴《ふ》き飛ばされ、壁紙がめらめらと燃えはじめた。

成瀬は起き上がり、廊下に走り出た。不審な人影はどこにも見当たらなかった。急いで消えよう。成瀬は足早に歩きはじめた。

4

関の自宅に戻ったのは五時過ぎだった。

成瀬は磯村を居間から玄関ホールに呼び出し、神田のビジネスホテルでの出来事を話した。

「おそらく藤堂が関を始末させたんだろう。姪の夫まで葬《ほうむ》るなんて、冷血そのものだな」

磯村が言った。

「関を殺して部屋に手榴弾を投げ込んだのは、浪友会の立花だと睨んでるんです」

「そうなのかもしれない。ところで、夫が殺されたことを彩香に話すかい？　叔父の藤堂が旦那を殺させたようだと言えば、妻は何か隠してることがあっても洗いざらい喋る気になるんじゃないか」

「そうしましょう」

成瀬は同意した。

数秒後、懐でスマートフォンが鳴った。発信者は安達里奈だった。

「成瀬さん、家の観葉植物の鉢の中に写真とデジカメのSDカードが入ってたんです。母が掃除をしてるとき、うっかり鉢を倒してしまったの。零《こぼ》れた腐葉土《ふようど》の中に、ポリエチレン袋で密封されたものが……」

「その写真とSDカードは親父さんが夏目氏から預かった物だと思うよ。で、被写体は？」

「古ぼけたホテルの建物の写真が多いんだけど、高いフェンスに囲まれた庭園も写ってたわ。それから、関室長が暴力団員風の男と立ち話をしてる写真もありました。どこか見当がつきます？」

「ああ。浅間山にある廃業したホテルだよ。その庭園では秘密殺人ゲームが行われてたんだ」

　成瀬は、これまでの経過を話した。関が殺されたことも伝えた。

「藤堂社長がそんな恐ろしいことをしてたなんて信じられないわ」

「そうだろうが、奴が夏目氏やきみの父親の死に深く関わってることは間違いない。もちろん、藤堂が直《じか》に手を汚したんじゃないが」

「赦《ゆる》せないわ、わたし」

「藤堂や黒幕と思われる笠原功典には、鉄槌《てっつい》を下《くだ》すつもりだよ」

「成瀬さん、もう手を引いてください。後《あと》は警察に任せないと、あなたまで殺されることになるわ」

「警察とは反《そ》りが合わないんだ。それに、おれはやりかけたことは最後までやり通す主義でね」

「お願いだから、もうやめて！　わたし、成瀬さんにもしものことがあったら、気がおかしくなっちゃうかもしれない。あなたのことが好きなの。愛しはじめてるのよ」

「おれも、きみに惚《ほ》れてる。だけど、どうしても自分の手で藤堂たちを裁きたいんだ。おれ自身も命を狙われたからな」

「頑固なのね」

「心配するなって。おれは何があっても生き抜いてみせる。見つけた物は、大切に保管しといてくれないか。場合によっては、切札に使えるかもしれないからな」

「成瀬さん、絶対に死なないでね」

「死ぬもんか。それじゃ、またな！」

成瀬はスマートフォンを懐に戻した。

磯村が物問《ものと》いたげな顔を向けてきた。成瀬は写真とＳＤカードのことを話した。

「笠原や藤堂の写真があれば、切札に使えるんだがな」

「ええ、そうですね。しかし、何もないよりは心強いでしょ？」

「ああ。それはそれとして、殺された夏目氏はそのほかにも何か決定的な証拠を摑んでたんじゃないのかな。だから、藤堂たちは夏目周平を始末し、友人の安達隆行まで殺すことになったんだろう」

「そうなのかもしれませんね。敵の致命的な弱みは握ってないけど、おれと磯《いそ》さんは二十人の人間狩りの映像を観《み》てるし、プロゴルファーの楠肇の証言音声も持ってる」

「そうだな。それに、関彩香を人質に取ってる。敵だって、こっちの揺さぶりは無視できないだろう。さて、彩香に夫が死んだことを話すか」

　磯村がそう言って、先に居間に入った。

　成瀬も居間に足を踏み入れた。彩香は長椅子に横たわっていた。磯村が両手の縛《いまし》めだけを解《と》き、彩香の上体を引き起こした。

「奥さん、気の毒なことになった」

　成瀬はそう前置きして、関が神田のビジネスホテルで殺されたことを告げた。

「悪い冗談はやめてちょうだい」

「事実なんだ。おそらく藤堂が旦那を誰かに始末させたんだろう」

「なぜ叔父がそんなことをさせなければならないんです？」

「あんたの夫は、藤堂の悪事の片棒を担《かつ》いでた。だから、藤堂は旦那の口を封じなければならなかったんだよ。保身のためにね」

「嘘よ、嘘だわ。そんな話、信じない！」

彩香が叫ぶように言い、涙にむせんだ。そのまま泣きじゃくりはじめた。

磯村が無言で彩香の肩を叩いた。

成瀬は居間の隅に移動し、懐からスマートフォンを取り出した。藤堂の自宅に電話をすると、中年女性が受話器を取った。

「姿子《しなこ》夫人だね？」

成瀬は作り声で確かめた。

「はい、そうです。どちらさまでしょう？」

「理由《わけ》あって、名乗ることはできないんだ。よく聞いてくれ。藤堂の姪の関彩香を人質に取った」

「なんですって⁉」

「夫の居所を教えないと、彩香を殺すことになるぞ」

「彩香さんはどこにいるの？」

「自宅の居間にいるよ。いまは泣いてる」

「彼女に何か悪さをしたのね？」

「淫《みだ》らなことはしてない」

「それじゃ、殴りつけたのね。そうなんでしょ？」

「殴ってもいないよ。人質が泣いてるのは、夫が何時間か前に殺されたからさ」

「大輔さんが殺されたですって⁉」

　姿子の声は裏返っていた。

「潜伏中の神田のビジネスホテルで絞殺されたんだ、革紐でね。関を誰かに殺させたのは、あんたの夫だろう」

「ばかなことを言わないでちょうだい。夫は大輔さんには目をかけてたのよ」

「そうだったのかもしれない。ついでに藤堂は関を抱き込んで、悪事の手伝いをさせてたんだよ」

「夫が何をしたって言うんですっ」

「凶悪な陰謀に深く関与してるんだ。こっちは犯罪の証拠を握ってる。おれがそいつを警察に持ち込んだら、藤堂は間違いなく逮捕される。それでもいいのか？」

「彩香さんと話をさせて」

「いいだろう。ちょっと待ってろ」

成瀬は姿子に言って長椅子に歩み寄った。彩香は泣き熄《や》んでいた。

「義理の叔母さんだ。人質になってることを話してやれ」

成瀬はスマートフォンを彩香の耳に押し当てた。すると、彩香が切り口上《こうじょう》で言った。

「なぜ？　なんで叔父は関を殺したの！　何があったのか知らないけど、ひどすぎるじゃありませんかっ」

「………」

当然のことながら、姿子の声は成瀬には聴《き》こえない。

「わたしが騙《だま》されてると言うんですか？」

「………」

「いいえ、わたしは押し入ってきた二人組の話を信じます」

彩香が言い切った。

成瀬はスマートフォンを自分の耳に戻し、姿子に告げた。

「藤堂の居所を教えないと、おれたちは警察に行くことになるぞ」

「待って！　それだけはやめてください。藤堂の代わりに、あなた方が持ってるという証拠を買い取らせてもらうわ。いくらで譲っていただけるの？　五百万？　一千万？」

「おれたちは藤堂と直《じか》に闇取引をしたいんだよ。だから、隠れ家《かくれが》を教えろって言ってるんだっ」

「葉山にいるわ。笠原功典先生のリゾートマンションがあるの。『葉山シーサイドパレス』の八階をフラットごと所有してるのよ」

「そこには藤堂のほかに、愛人の早坂留衣もいるんだな？」

「あなた、そんなことも知ってるの⁉」

「それじゃ、答えになってない」

「多分、彼女も一緒だと思うわ。それから、笠原先生や公認会計士の堀江さんもね」

「そうか」

「藤堂が何をしたのかわからないけど、笠原先生に焚《た》きつけられたのよ。夫は先生の隠し子の留衣を彼女にしてから、言いなりになってきたから。悪いのは笠原先生だわ。ええ、絶対にそうよ」

「自分の夫を庇いたいんだろうが、笠原も藤堂も同じ穴の狢《むじな》さ」

「藤堂にできるだけのお金を出させるから、夫のやったことには目をつぶって。どうかお願いします」

　姿子が言った。

「交渉相手は、あんたじゃない」

「それはわかってます。でも……」

「夫に余計なことを喋ったら、人質は即刻、殺す。それから、闇取引にも応じない」

「わかってます。藤堂には絶対に電話をかけません。だから、彩香さんを殺さないで」

「覚えておこう」

成瀬は電話を切り、磯村に敵の隠れ家がわかったと教えた。

「関夫人を連れて、葉山までドライブと洒落《しゃれ》込むか」

「車を門の真ん前につけるから、磯《いそ》さん、人質と一緒に……」

「了解！」

磯村がふざけて敬礼した。

成瀬は微苦笑し、先に関の家を出た。少し離れた路上に駐《と》めてあるジャガーFタイプに乗り込み、関邸の門の前まで車を走らせた。

待つほどもなく磯村と彩香が姿を見せた。磯村は彩香の片腕をきつく摑んでいた。二人は後部座席に乗り込んだ。

成瀬は車を走らせはじめた。

いくらも進まないうちに、後続のクラウンが妙に気になった。車体の色はオフホワイトだった。ナンバープレートに〝わ〟という文字が見える。レンタカーだ。

浪友会の立花に尾《つ》けられているのかもしれない。そうだとしたら、神田のビジネスホテルから尾行されていたのだろう。

成瀬は身構えながら、ステアリングを操りつづけた。

不審な車は一定の車間距離を保ちながら、執拗に追尾してくる。磯村が訝《いぶか》しげに話しかけてきた。

「なんか何度もミラーを見てるようだが、怪しい車に尾行されてるのか？」

「いや、そういうわけじゃありません」

成瀬は言い繕《つくろ》った。相棒に余計な心配をかけたくなかったからだ。

第三京浜国道に入っても、依然としてクラウンは追ってくる。尾行されていることは、ほぼ間違いないだろう。

保土《ほど》ケ谷《や》から横浜横須賀道路に入る。道なりに直進し、逗葉《ずよう》新道をたどるつもりだったが、成瀬はわざと朝比奈《あさひな》ランプで降りた。怪しいクラウンもランプを下《くだ》った。

「やっぱり、妙な車に尾《つ》けられてたんだな」

磯村が言った。

「おそらく、浪友会の立花だと思います」

「成《なる》やん、どうする気なんだ？」

「クラウンをどこかに誘い込みます」

成瀬はジャガーを住宅地の中に乗り入れた。クラウンは追ってきた。住宅地の外れに建築資材置き場があった。出入口に門はない。

成瀬は素早くジャガーを資材置き場に入れ、急いで運転席から出た。

「どうするんだ、成《なる》やん?」

「磯《いそ》さんたちは車の中から出ないようにしてください」

「ひとりで立花とやり合う気なのか!?　それは危険すぎるな」

磯村が忠告した。

「無茶はやりませんよ」

「しかし……」

「人質に逃げられないようにしてくださいね」

成瀬は言って、ジャガーから離れた。

一隅に古い角材が積み上げてあった。成瀬は角材を一本掴み上げ、道路に走り出た。

ちょうどそのとき、前方からクラウンが走ってきた。

成瀬は角材を槍《やり》投げの要領で思い切り投げ放った。

角材の先はクラウンのフロントガラスにぶつかり、ボンネットの上で跳ねた。ブレーキ音が高く響き、クラウンのドアが開けられた。運転席側だった。

成瀬は突進し、ドアを蹴った。

車から出ようとしていた黒ずくめの男が呻いて、その場に屈《かが》み込んだ。やはり、立花だった。成瀬は半分ほど開いているドアに回り込んで、ワークブーツの先で立花の腹を蹴った。

立花が横に転がった。成瀬は立花を組み敷き、隠し持っていたハードボーラーを奪い取った。アメリカ製の自動拳銃だ。

成瀬はスライドを滑らせ、銃口を立花のこめかみに突きつけた。

そうしながら、空いている手で立花の体を探《さぐ》る。立花は腰の後ろに白鞘《しらさや》を挟んでいた。

成瀬は鞘を払うなり、短刀で立花の片方のアキレス腱《けん》を断《た》ち切った。少しもためらわなかった。立花が動物じみた声を放ち、体を丸めた。

「親分の岩見は、笠原のセカンドハウスにいるのか？」

「ううーっ、痛いやないかっ」

「まともに答える気がないなら、もう片方のアキレス腱も切断するぞ」

「そ、そうや。『葉山シーサイドパレス』の八階におる。痛《いと》うて、かなわん。早う救急車を呼んでんか」

「自分で呼びやがれ！」

成瀬は匕首《あいくち》を立花の太腿に突き立てた。

立花が雄叫《おたけ》びめいた声を発した。成瀬は短刀を引き抜き、遠くに投げ捨てた。ハードボーラーを握ったまま、ジャガーに駆け戻る。

「こいつは戦利品です」

成瀬はハードボーラーを磯村に預け、車を急発進させた。

建築資材置き場を出て、朝比奈ランプに戻る。ふたたび横浜横須賀道路に入り、逗葉新道を走った。目的のリゾートマンションは森戸《もりと》海岸のそばにあった。

九階建ての南欧風の建物だった。ジャガーを『葉山シーサイドパレス』の駐車場に入れたとき、成瀬のスマートフォンが鳴った。

スマートフォンを耳に当てると、男の濁声《だみごえ》が耳朶《じだ》を撲《う》った。

「わし、浪友会の岩見や。藤堂さんの姪を人質に取ったそうやな」

「ああ。おれのスマホのナンバーをどうやって調べた？」

「安達里奈のスマホに登録されてたんや」

「里奈を人質に取ったのか!?」

「そういうことや。人質の交換をしようやないか。関彩香さんを引き渡してくれるんやったら、里奈いう娘《こ》も返したるわ。どうや？」

「人質の交換に応じよう。どこに行けばいい？」

成瀬は訊いた。

「一二三四号線を三崎口方面に走ると、白旗《しろはた》神社があるさかい、その前で人質交換しようやないか。二十分もあれば、こっちに来られるやろ？　待っとるわ」

「わかった。丸腰で来いよ」

「そっちもな。ほな、後で会おうやないか」

岩見が電話を切った。

成瀬は磯村に電話の内容を手短に話した。

「成《なる》やん、ここは敵の言う通りにするほかないな」

「ええ、そうしましょう」

成瀬は車をリゾートマンションの駐車場から出し、指定された場所に向かった。

十分そこそこで、左手に白旗神社が見えてきた。すると、磯村が姿勢を低くした。

「岩見の子分どもが境内《けいだい》のあたりに潜《ひそ》んでるにちがいない。おれは戦利品を持って、岩見の背後に回るよ」

「わかりました」

成瀬は言って、彩香に顔を向けた。

「おれたちの作戦を大阪の極道に話したら、あんたも撃つことになる」

「わたし、余計なことは喋りません」

「いい心掛けだ」

「岩見とかいう男は叔父の知り合いなんですか？」

彩香が訊いた。

「あんたの叔父の仲間だよ。もっぱら汚れ役を引き受けてるようだ」

「叔父が夫を殺させたんだとしたら、わたし、あなたたちの味方になってもかまいませんし」

「そっちの救《たす》けはいらない」

成瀬は神社の少し手前で、ジャガーを路肩《ろかた》に寄せた。すぐに車を降り、人質を外に出す。

磯村がそっとジャガーから出て、神社の裏手に回り込んだ。成瀬はそれを見届けてから、彩香と肩を並べて歩きだした。

神社の参道口の前に、二つの人影が見えた。里奈と岩見だった。成瀬は歩きながら、さりげなく周《まわ》りを見渡した。人が近くに隠れている気配はうかがえない。

「成瀬さん！」

里奈が呼びかけてきた。いまにも泣きだしそうな顔だった。

「もう心配ないよ。迷惑かけて悪かったな」

「ううん、わたしのほうこそ……」

「何もされなかったね？」

成瀬は問いかけた。里奈が大きくうなずく。

「そっちこそ、藤堂さんの姪《めい》っ子に悪さしとらんやろな？」

岩見が好色そうな笑みを浮かべた。成瀬が答える前に彩香が口を開いた。

「何もされていません。横にいる娘さんを早く解放してあげて」

「よろしいおま」

岩見が言って、里奈の背を押した。里奈が成瀬に走り寄ってきた。成瀬は里奈を背の後ろに立たせた。

「彩香さん、こっちに来てんか」

「わたしは、あなたのそばには行きません」

彩香が岩見を睨みながら、きっぱりと言った。

「なんでやねん？　わし、あんたを救《たす》けに来たんだっせ」

「あなたに救けてもらいたくないの。叔父に頼まれて夫を神田のビジネスホテルで殺したのは、あなたの子分なんでしょ！」

「なに言うてんねん⁉」

「とにかく、わたしはあなたと一緒には帰りません」

「奥さん、横におる男に何か吹き込まれたようやな。その男が言うたことは全部、でたらめや。わしと一緒に藤堂さんとこに行きましょ？」

「いやです」

「わしを困らせんといてえな」

岩見が肩を竦《すく》め、指笛を鋭く鳴らした。

と、道路の反対側の暗がりから二人の男が飛び出してきた。どちらも、ひと目で極道とわかる風体《ふうてい》だ。二人が車道を横切ろうとしたとき、境内で銃声が響いた。磯村が発砲したのだろう。二人の男が頭を下げ、道の向こう側に駆け戻った。

岩見も焦《あせ》った様子だった。拳銃も刃物も隠し持っていないのだろう。

成瀬はそう判断し、地を蹴った。助走をつけて、岩見の顔面と腹部に二段蹴りを見舞う。岩見が後方に倒れ、両脚を高く跳ね上げた。不様《ぶざま》な恰好《かっこう》だった。

成瀬は岩見に走り寄って、側頭部を思うさま蹴った。岩見がハーフスピンして、体を縮めた。

そのとき、参道から磯村が姿を見せた。ハードボーラーはダウンパーカの裾《すそ》の下に隠されていた。

「やりますね」

成瀬は磯村に笑いかけ、岩見を荒っぽく摑み起こした。すかさず磯村が、自動拳銃の銃口を岩見の脇腹《わきばら》に突きつける。

「堅気がなめたことするやんけ！　おまえら、ただじゃ済まへんぞ」

岩見が虚勢を張った。子分の二人は車道の向こうに立ち尽《つ》くしている。

「おれの車に乗ってもらおうか」

成瀬は岩見の後ろに回り、膝頭で尻《けつ》を蹴り上げた。岩見が舌打ちして、渋々、歩きはじめた。

「きみは無線タクシーを呼んで、自宅に帰るんだ」

成瀬は里奈に言った。

「あなたはどうする気なの？」

「何も訊かずに言われた通りにしてくれ」

「は、はい」

里奈は気圧《けお》されたらしく、キルティング・パーカのポケットからスマートフォンを取り出した。

成瀬は彩香の腕を取り、磯村に声をかけた。

「先に岩見を後部座席に乗せてください」

「オーケー」

磯村が拳銃で威《おど》しながら、浪友会の会長をジャガーのリア・シートに坐らせた。自分も乗り込む。

数分待つと、無線タクシーがやってきた。

里奈は心配顔でタクシーに乗り込んだ。二人の極道はタクシーを追う素振りさえ見せなかった。

やがて、タクシーは闇に紛《まぎ》れた。

成瀬は彩香を助手席に乗せ、運転席に入った。ドアを閉めたとき、真後ろで岩見が口を開いた。

「わしを弾除《たまよ》けにして、笠原先生のセカンドハウスに乗り込む気やな？」

「そうだ」

「ええ度胸してるやんけ。わしとこの会に入らんか。半年か一年辛抱したら、幹部にしたるわ」

「せっかくだが、ノーサンキューだ」

成瀬はジャガーをUターンさせ、森戸方面に戻りはじめた。

5

エレベーターが停止した。

八階だった。『葉山シーサイドパレス』である。

成瀬は磯村を目顔《めがお》で促《うなが》した。

磯村が彩香と先に函《ケージ》から出た。成瀬は、岩見の分厚い肩を乱暴に押した。ハードボーラーの銃口は岩見の腰に押し当てている。

残弾は五発だった。このリゾートマンションに着いたとき、弾倉《マガジン》を覗《のぞ》いたのだ。

エレベーターホールに接して低い門扉《もんぴ》付きのアルコーブが見える。玄関ドアは、その先にあった。

成瀬は、すぐには玄関に近づかなかった。

岩見の手下の二人が追ってくると確信していたからだ。四人はエレベーターホールの陰に身を潜《ひそ》めた。

五分ほど待つと、階下からエレベーターが上昇してきた。

函《ケージ》から現われたのは白旗神社の前にいた二人組だった。どちらも三十代の前半で、短髪だ。ひとりは濃いサングラスをかけている。もうひとりは、左手の小指がなかった。

「親分はここだよ。二人とも両手を高く挙げろ！」

成瀬は岩見の後頭部に銃口を突きつけ、二人の男に命じた。男たちは逆《さか》らわなかった。

磯村が素早く二人に近寄り、体を探《さぐ》った。

小指のない男は、S&W《スミスウェッソン》のM19を持っていた。Kフレーム・モデルのリボルバーである。

磯村が奪い取った回転式拳銃の輪胴《シリンダー》を左横に振り出し、装弾数を確認した。片手の指をいっぱいに拡《ひろ》げる。五発という意味だろう。

磯村はM19を構えながら、男たちの背後に回った。

「子分たちの名前を教えてもらおうか」

成瀬は岩見に声をかけた。

「サングラスかけてるんが矢尾板《やおいた》や。もうひとりは木下《きのした》いうねん」

「夏目周平を轢《ひ》き殺したのは、二人のどっちかなんだなっ」

「なんのことやら、ようわからんわ」

「捨て身で生きてる堅気を軽く見てると、後悔することになるぞ」

「わしを撃く《ハジ》言うんか？」

岩見が鼻先で笑った。

「ああ、そっちから撃ち殺してやる」

「素人が撃てるかいな」

「念仏を唱《とな》えろ！」

成瀬は引き金《トリガー》に人差し指を深く巻きつけ、遊びをぎりぎりまで絞り込んだ。すると、木下が大声をあげた。

「撃ったら、あかん！　夏目を撥《は》ねたんはわしや」

「木下、なにを言うんや」

岩見は明らかに狼狽《ろうばい》していた。

「せやけど、ほんまのこと言わんかったら、その男は撃ちまっせ。会長がおらんようになったら、浪友会はまとまらなくなります。そやさかい、わし……」

木下が目を伏せた。岩見は唸《うな》っただけで、何も言わなかった。

「親分思いのいい子分を持ったじゃないか。安達隆行を拉致して殺したのは誰なんだ？」

成瀬は岩見に問いかけた。だが、岩見は返事をしなかった。

「まどろっこしいな。あんたをシュートして、手下の口を割らせるか」

「や、やめんかい。安達を始末したのは明石や」

「やっと素直になったな。夏目周平は『豊栄フーズ』の不正を内部告発する目的で、藤堂の周辺を洗ってた。それで、恐るべき陰謀を嗅ぎつけた。藤堂は民族派のボスである笠原功典と共謀して、不良外国人狩りをしてた。その軍資金は、ホームレスを獲物にした殺人遊戯のゲーム代と口止め料で賄《まかな》われてた。おれたちは、人間狩り《マン・ハンティング》を愉《たの》しんだプロゴルファーの楠肇の証言音声を持ってるんだ。それから、軽井沢の山荘で二十人のハンターたちの盗撮映像も観《み》てる」

「そこまで知っとるんか⁉」

「楠は、あんたの子分に一千万円のゲーム代と一億円の口止め料をせびられたと証言してる。おれは、二枚の振込伝票の控えを持ってるんだ。振込先は、笠原の隠し子の早坂留衣だった。留衣が藤堂の愛人だったこともわかってるんだ。短歌結社『曙』の同人名簿も持ってる。もう笠原も藤堂も終わりだ。二人を庇《かば》っても、なんのメリットもないぞ」

「わしは笠原先生を尊敬してるんや。藤堂さんが本気で日本の将来を心配してはること も立派や思うとる。おふた方は人生の残り時間が少のうなってきたさかい、体を張って日本の再生に尽くす気になられたんや。わしや公認会計士の堀江さんは笠原先生たちのお考えに共感したさかい、微力ながら、協力させてもろてるんや」

「そうかい」

「いまの日本は、めちゃくちゃや。不法滞在の外国人が何十万人もおって、好き勝手やってる。日本人のホームレスやニートも増える一方やし、若い連中もまともな仕事に就《つ》きたがらなくなってるやないか。そんな社会状況が長《なご》うつづいたら、この国は崩壊するで」

「極道が偉そうなことを言うなっ」

成瀬は岩見を怒鳴《どな》りつけた。

「確かにわしは、真っ当な生き方はしてこんかった。そやさかい、日本のために一肌脱《ひとはだぬ》ぐ気になったんや。救国の気持ちから、わしらは起《た》ち上がってん。私利私欲やない」

「国の将来を憂《うれ》えることは別に悪いことじゃない。しかしな、不良外国人もホームレスたちも人間なんだよ。目障《めざわ》りだからって、勝手に殺していいわけないだろうが！」

「連中は、ごみなんやぞ。腐った落葉はきれいに掃かんと、世の中はきれいにならんやろうが。わしらは、ええことをしてるんや」

岩見が開き直った。

成瀬は岩見に足払いを掛けた。岩見が床に倒れる。矢尾板と木下が気色《けしき》ばんだが、躍《おど》りかかってはこなかった。

「おまえらは独善的な考えから、罪のない人たちを大勢殺した。明石は毎朝日報の小柴記者まで死なせた。さらに仲間だった関大輔まで始末した可能性がある」

「夫を殺したのは誰なんです？」

成瀬の語尾に、彩香の声が被《かぶ》さった。

岩見は口を引き結んだままだった。成瀬は岩見の顔面を三度蹴りつけた。岩見は鼻血を垂らし、折れた前歯を二本吐き出した。血の臭《にお》いが拡散した。

「もう勘弁してや。関を殺《や》ったんは、このわしや」

矢尾板が言った。

「おまえだったのか。手榴弾を部屋に投げ込んだのも、そっちなんだなっ」

「そうや。会長に関の口を封じろ言われてたんでな。会長は藤堂さんに頼まれたらしいわ。一連の外国人狩りとホームレス集めは浪友会の者、それから元自衛官、破門された極道なんかが犯行踏《ヤマ》んだんや。そやさかい、会長は誰も殺してへん」

「自分の手を汚さなかったのは卑怯《ひきょう》だな。汚すぎる。岩見は殺人教唆《きょうさ》の罪になる」

「わしら実行犯が勝手に事件を起こしたことにするさかい、うちの会長は見逃してんか」

「そうはいかない」

成瀬は矢尾板に言い、岩見に立てと命じた。

岩見が口許の血糊《ちのり》をハンカチで拭《ぬぐ》いながら、よろよろと起き上がった。

成瀬は岩見に銃口を向けつつ、門扉《もんぴ》を静かに押し開けた。万能鍵を使って、玄関ドアのロックを解《と》く。成瀬は、岩見、矢尾板、木下の三人を楯《たて》にして、部屋の中に侵入した。

間数《まかず》は多そうだった。

三十畳ほどの居間には電灯が点いていたが、誰もいなかった。磯村がM19を握り直し、各室を検《しら》べはじめた。

四番目の部屋に押し入り、彼が大声で告げた。

「堀江がいたぞ。女と一緒だ」

「二人を居間に引っ張ってきてください」

成瀬は磯村に言って、岩見たち三人を床に這《は》わせた。彩香が硬い声で叔父の名を呼びはじめた。だが、なんの応答もなかった。

笠原、藤堂、留衣の三人は外出しているのか。そうなのかもしれない。

成瀬は胸底《きょうてい》で呟《つぶや》いた。

そのとき、磯村が下着姿の男女を居間に連れてきた。なんと女は『麗』のママの志保だった。

「この二人はナニしてたんだ」

磯村が言った。成瀬は堀江に顔を向けた。

「ママとは、いつからの仲なんだ？」

「丸一年になるな。パトロンの医者はインポらしいんだよ。それで、志保は摘《つま》み喰《ぐ》いをしてたってわけさ。夏目も関も、淫乱《いんらん》な志保に遊ばれてたんだよ」

「あんたが本命だったたってわけか」

「ま、そういうことになるだろうな。志保は、わたしのスパイでもあったんだ」

堀江が言った。

次の瞬間、磯村がリボルバーの銃把《じゅうは》の角で堀江の頭部を殴打した。堀江が唸りながら、ゆっくりと頽《くずお》れた。

「わたしには荒っぽいことはしないわよね？」

志保が媚《こび》を含んだ声で言って、成瀬に歩み寄ってきた。

「悪女だな、あんたは」

「女って弱いものなのよ。だから、いろんな男性の支《ささ》えがないと生きていけないの。わたし、あなたのことは嫌いじゃないわ」

「ふざけんな！」

成瀬はバックハンドで志保の横っ面《つら》を殴りつけた。志保が高い悲鳴を放って、床に倒れた。

「叔父はどこにいるの？　誰か教えてちょうだい！」

彩香が堀江と岩見を交互に見た。しかし、どちらも黙したままだった。

成瀬はソファの背当てクッションを摑み上げ、ハードボーラーの銃口に当てた。すぐに堀江と岩見の体の近くに一発ずつ撃ち込んだ。

銃声は、それほど響かなかった。背当てクッションの射出口から羽毛《うもう》が飛び散り、綿毛のように漂った。

「こ、殺さないでくれーっ。笠原先生、藤堂さん、留衣さんの三人はマリーナにいる。先生の所有艇の船室《キャビン》で、今後の作戦を練ってる」

堀江が震え声で言った。

「艇名は？」

「『シンシア号』だ。全長二十八メートルの大型クルーザーだよ。白い船体にマリンブルーのストライプが入ってる。桟橋《さんばし》の突端《とったん》近くに舫《もや》われてる」

「おれたちを騙《だま》したとわかったら、頭を撃ち抜くぞ」

「嘘なんかついてないよ」

「そうかい」

成瀬はハードボーラーの安全装置を掛けてから、堀江、志保、岩見、矢尾板、木下の順に銃把《グリップ》の底でそれぞれの膝頭を叩き潰《つぶ》した。

両方の膝頭だった。五人は子供のように泣き喚《わめ》きながら、床を転げ回りはじめた。

「わたしをマリーナまで連れてってください」

彩香が鬼気迫《せま》る顔で言った。成瀬は同意した。

三人は笠原のセカンドハウスを出ると、そのままエレベーターに乗り込んだ。すぐにジャガーでマリーナに向かう。

ほんのひとっ走りで、マリーナに到着した。数十艘《そう》のクルーザーが係留《けいりゅう》されている。

成瀬は岸壁の外れに車を停めた。

三人は潮風を受けながら、桟橋を進んだ。キャビンの円窓《まるまど》からトパーズ色の灯火が洩れているのは、たったの一隻だけだ。

成瀬は目を凝《こ》らした。

船室が明るいのは『シンシア号』だった。近づくにつれ、その船体は大きく見える。間もなく三人は、『シンシア号』の甲板《デッキ》に跳《と》び移った。

成瀬はキャビンのドアに手を掛けた。内錠は掛けられていなかった。成瀬は彩香を弾《たま》除《よ》けにして、船室に押し入る。L字形のカウンターで談笑していた笠原、藤堂、留衣の三人が驚きの声をあげ、身を強張《こわば》らせた。

「叔父さんと笠原功典が相談して、夫を浪友会の矢尾板という男に殺させたのね！」

彩香が藤堂に喚《わめ》いた。

「落ち着きなさい、彩香！　いきなり何を言い出すんだっ。大輔君が死んだって⁉　いつなんだ？」

「白々しいわね。『葉山シーサイドパレス』で、叔父さんの仲間たちが何もかも喋ったのよ。矢尾板という男は岩見会長に指示されて、夫を殺したとはっきり言ったわ」

「彩香、正気なのか⁉」

藤堂がことさら目を丸くした。と、梯子段《はしごだん》のステップに立った磯村がM19の銃口を藤堂に向けた。

「もう観念しろ」

「きみらは何者なんだっ。なぜ、わたしの姪をピストルなんかで威《おど》してるんだ？」

「下手な芝居はやめろ！」

「無礼なことを言うな」

藤堂がカウンターを拳《こぶし》で叩いた。ショットグラスの氷塊が揺れて、小さな音をたてた。

磯村が悪事の内容を言いたてた。それでも、藤堂は空とぼけつづけた。

「汚いわ。汚すぎる！」

彩香が上体を捻《ひね》って、成瀬の利き腕を抱き込んだ。すぐに彼女は、成瀬の指に自分の人差し指を重ねた。

「おい、やめろ！　手を放すんだ」

成瀬は彩香の手を振り払おうとした。

弾みで、暴発した。銃弾は藤堂の顔面を直撃した。鮮血と肉片が飛び散った。藤堂は椅子から転げ落ち、そのまま微動だにしない。

「あなた！　いやーっ、死なないで」

留衣が椅子から離れ、血みどろの死体に抱き縋《すが》った。磯村が放心状態の彩香を自分の方に引き寄せる。

「撃つな、撃たんでくれ！」

笠原が両手を合わせた。そして、一連の事件のシナリオを練ったことを自ら認めた。

「殺人遊戯を愉《たの》しんだ著名人たちから、総額でいくらぶったくったんだ？」

「ゲーム代が二億、口止め料が二十億だよ。併《あわ》せて二十二億円だが、実行犯グループに七億ほどの報酬を払ったるから、プール金は十五億しかない。それをそっくりくれてやるから、何も見なかったことにしてくれ。殺人遊戯の盗撮映像データもやろう」

「どうするかな？」

「わしは、この日本をまともな国にしたいんだ。その日が来るまで、死ぬわけにはいかんのだよ」

「あんたの愛国心は歪《ゆが》んでる。くたばっちまえ！」

成瀬は右腕を長く伸ばし、ハードボーラーの引き金を絞った。手首に反動《キック》が伝わってくる。45ACP弾は笠原の額を貫《つらぬ》いた。両耳から血しぶきが飛んだ。

笠原は椅子ごと引っ繰《く》り返り、それきり動かなくなった。

「お父さま！」

留衣が笠原に走り寄った。彩香が手を差し出した。

「そのピストルをわたしに渡してください。わたしが二人を撃ったと警察に出頭します」

「あんたは誰も殺《や》っちゃいない。最初の一発は暴発じゃない。おれが殺意を込めて、あんたの叔父を撃ったんだ」

「いいえ、それは違うわ。あなたは懸命に引き金から人差し指を離そうとしてた。二人とも早く逃げて！　まごまごしてると、誰か人が来るわ」

「そっちも一緒に逃げるんだ」

成瀬は彩香の肩を抱き込み、強烈な当て身を見舞った。彩香が唸りながら、凭《もた》れかかってきた。

成瀬は彩香を肩に担《かつ》ぎ上げ、磯村に声をかけた。

「逃《フ》げ《ケ》ましょう」

「あいよ」

磯村が先に船室を出た。成瀬もデッキに駆け上がり、『シンシア号』から離れた。

栈橋の向こうは静まり返っている。岸壁から離れているせいで、さきほどの銃声は誰にも聞こえなかったのだろう。

成瀬たちは一気に栈橋を走り抜け、ジャガーに駆け寄った。気を失っている彩香を後部座席に寝かせ、運転席に乗り込む。磯村は助手席に坐った。

成瀬は車を走らせはじめた。

少し経つと、磯村が言葉を発した。

「成《なる》やんが笠原を撃ってなかったら、こっちが奴をシュートしてたと思うよ。奴と藤堂の犯罪は狡猾《こうかつ》で薄汚いからな。金なんかじゃ、目をつぶる気になれない」

「おれも同じ気持ちでした。留衣を含めて敵の生き残りどもは、おれたちのことを警察に言いますかね？」

「多分、それはしないだろう。おれたちが捕まったら、自分たちの犯行も暴《あば》かれることになるじゃないか」

「ええ、そうですね。問題はリア・シートの女か。なんとか自首させないようにしないとな」

「目を覚ましたら、もう一度、裸身を撮影してあることを言おう。そうすれば、暴発の件は警察には黙ってるだろう」

「そうでしょうね。今回は黒幕から口止め料を脅し取れなかったけど、楠から八千万貰ったから、ま、いいか」

「そうだな。素寒貧《すかんぴん》になったら、残りの十九人の著名人の自宅を回ればいいさ。殺人遊戯の盗撮映像データを持ってる振りをしてね」

「そうしましょう」

成瀬は、ほくそ笑《え》んだ。

そのとき、懐でスマートフォンが着信音を奏《かな》ではじめた。電話をかけてきたのは、昔のスーツタレント仲間の辻だった。

「先日はつい言いそびれちゃったんですけど、実はおれ、及川響子さんと遠距離恋愛してるんですよ」

「冗談だろ⁉」

「マジです。響子さん、成瀬さんと別れた後、とっても淋《さび》しかったみたいなんです。で、おれのとこによく電話してきたんですよ。いつも長電話になっちゃいましてね。えへへ」

「そうこうしてるうちに、深い関係になったのか」

「ええ、まあ。先月の中旬に響子さん、新潟に遊びに来たんですよ。そのとき、そういう関係になっちゃったんです。成瀬さん、なんか面白くないでしょうね？」

「いや、そんなことはないよ。響子とは、もう別れたんだから」

成瀬は言った。痩《や》せ我慢ではなかった。里奈と親密な間柄になってからは、もう響子は過去の女性になっていた。

「よかった！　おれ、罵《ののし》られると覚悟してたんですよ。成瀬さんが気分を害してないなら、ついでに喋っちゃおう。響子さん、おれが上京したら、彼女のマンションで一緒に暮らそうと言ってるんです」

「いい話じゃないか。響子は、何か夢を追いかけてる年下の男の面倒を見るのが好きなんだ。料理は上手だし、気立ても悪くない。いい女だよ」

「それじゃ、一緒に暮らすかな」

「辻、せいぜい頑張って、彼女を喜ばせてやれ」

「は、はい！　おれ、響子さんの期待に応えますよ。おれたちが同棲《どうせい》しても、成瀬さん、遠ざからないでくださいね」

「おまえとは、ずっとつき合うよ」

「本当ですね。そういうことになりましたので、とりあえずご報告したかったんです」

辻が緊張気味に言い、通話を切り上げた。

成瀬はスマートフォンを懐に戻すと、ぐっとアクセルペダルを踏み込んだ。無性《むしょう》に里奈に会いたくなった。

「磯《いそ》さん、ちょっと寄り道させてもらいますよ」

成瀬は一方的に言って、車を里奈の実家に向けた。

本作品はフィクションであり、実在の
個人・団体などとは一切関係がありません。

実業之日本社文庫 み 7 22

虐殺《ぎゃくさつ》 裁《さば》き屋《や》稼《か》業《ぎょう》

2022年2月15日　初版第1刷発行

著　者　南《みなみ》 英男《ひでお》

発行者　岩野裕一
発行所　株式会社実業之日本社
〒107-0062　東京都港区南青山 5-4-30
emergence aoyama complex 2F
電話 [編集]03(6809)0473 [販売]03(6809)0495
ホームページ https://www.j-n.co.jp/
ＤＴＰ　株式会社千秋社
印刷所　大日本印刷株式会社
製本所　大日本印刷株式会社

フォーマットデザイン　鈴木正道(Suzuki Design)

ISBN978-4-408-55716-8（第二文芸）

実業之日本社文庫　好評既刊

南 英男
警視庁極秘指令
柔肌を狩る連続猟奇殺人の真相を暴け！　初動捜査で解決できない難事件に四人の異端児刑事が集結。極秘捜査班の奮闘を描くハードサスペンス、出動！
み 7 17

南 英男
謀殺遊戯　警視庁極秘指令
元エリート官僚とキャバクラ嬢が乗った車が激突して二人は即死。しかし、この事故には不自然な点が。極秘捜査班が調査に乗り出すと――怒濤のサスペンス！
み 7 18

南 英男
偽装連鎖　警視庁極秘指令
元ＩＴ社長が巣鴨の路上で殺された事件で、タレントの恋人に預けていた隠し金五億円が消えていたことが判明。社長を殺し、金を奪ったのは一体誰なのか!?
み 7 19

南 英男
罠の女　警視庁極秘指令
熱血検事が少女買春の疑いをかけられ停職中に金属バットで撲殺された。極秘捜査班の剣持直樹は、検事を罠にかけた女、自称〈リカ〉の行方を探るが――!?
み 7 20

南 英男
裁き屋稼業
卑劣な手で甘い汁を吸う悪党たちに闇の裁きでリベンジせよ！　落ち目の俳優とゴーストライターのコンビは脅迫事件の調査を始めるが、思わぬ罠が……。
み 7 21

実業之日本社文庫　好評既刊

南 英男
首謀者 捜査魂
歌舞伎町の風俗嬢たちに慕われた社長が殺された。新宿署刑事・生方が周辺で頻発する凶悪事件との関連を探ると意外な黒幕が!? 灼熱のハード・サスペンス!
み7 12

南 英男
飼育者 強請屋稼業
一匹狼の私立探偵が卑劣な悪を打ち砕く! 強請屋探偵の見城《けんじょう》が、頻発する政財界人の娘や孫娘の誘拐事件の真相に迫る。ハードな犯罪サスペンスの傑作!
み7 13

南 英男
盗聴 強請屋稼業
脱走を企てた女囚が何者かに拉致された! 調査を依頼された強請屋探偵の見城豪は盗聴ハンターの松丸とともに真相を追うが……傑作ハード犯罪サスペンス!
み7 14

南 英男
強欲 強請屋稼業
ヘッドハンティング会社の女社長が殺された。一匹狼探偵・見城豪が調査を始めると、背景に石油会社の買収を企む謎の団体が。執念の追跡を悪の銃弾が襲う!
み7 15

南 英男
脅迫 強請屋稼業
新空港の利権にからみ、日本進出をもくろむアメリカ企業がスキャンダルをネタにゆさぶりをかける。敵対会社の調査を依頼された見城豪に迫る罠とは!?
み7 16

実業之日本社文庫　好評既刊

南 英男
切断魔 警視庁特命捜査官
殺人現場には刃物で抉られた臓器、切断された五指が。美しい女を狙う悪魔の狂気。戦慄の殺人事件を警視庁特命警部が追う。累計30万部突破のベストセラー！
み 7 3

南 英男
報復の犬
ガソリンで焼殺された罪なき弟。復讐の狂犬となった、元自衛隊員の兄は犯人を追跡するが、逆に命を狙われ……壮絶な戦いを描くアクションサスペンス！
み 7 8

南 英男
探偵刑事《デカ》
警視庁特命対策室の郡司直哉は探偵稼業を裏の顔に持つ刑事。正義の男の無念を晴らすべく、手段を選ばぬ怒りの鉄拳が炸裂。書下ろし痛快ハードサスペンス！
み 7 9

南 英男
捜査魂
誤認逮捕によって警視庁のエリート刑事から新宿署生活安全課に飛ばされた生方猛が、さらに殺人の嫌疑をかけられ……刑事の誇りを賭けて、男は真相を追う！
み 7 10

南 英男
強奪 捜査魂
自衛隊や暴力団の倉庫から大量の兵器が盗まれた。新宿署の生方警部が捜査を進める中、巨大商社にロケット砲弾が撃ち込まれた。テロ組織の目的とは……!?
み 7 11

実業之日本社文庫　最新刊

泉ゆたか
朝の茶柱　眠り医者ぐっすり庵

今日はいいこと、きっとある――藍の伯父が営む茶問屋で眠気も覚める大騒動が!?　眠りと心に効く養生所〈ぐっすり庵〉の日々を描く、癒しの時代小説。

い172

いぬじゅん
北上症候群

遠距離恋愛に会社倒産。傷だらけの心で深夜特急に乗り、神戸からひとり恋人のいる札幌へ旅立つが、そこで待っていたのは…!?　人生に勇気をくれる感涙作！

い182

草凪 優
私を抱くと死ぬらしい

売れなくなったモデルの清奈。ある日、彼女を抱いた男が死んだ――。その後も、負の連鎖が止まらない。恐怖とエロスが交錯する、超官能サスペンス！

く610

辻 真先
夜明け前の殺人

千秋楽の舞台で主演女優が服毒死した。警察は自殺と断定するが、他殺を疑う弟が真相究明に乗り出す――レジェンドが二十世紀末に発表した傑作、初文庫化！

つ51

堂場瞬一
ザ・ウォール

掟破りの新球場で開幕を迎えたスターズ。無茶振りオーナーに翻弄されながらも、名門復活を期する新監督の采配を描く。野球小説の旗手が放つ革命的一作！

と117

水生大海
ランチ探偵　彼女は謎に恋をする

大仏ホームの二人にはコロナ禍でも新たな出会いが。しかし、合コン相手が持ち込む謎に、ミステリー好きの天野ゆいかは目を輝かせ……!?（解説・青木千恵）

み93

南 英男
虐殺　裁き屋稼業

内部告発者の死、そしてさらなる犠牲者が――悪辣企業の密謀を暴き出せ！　不正の真相をめぐり闇の探偵コンビが格闘する、傑作クライムサスペンス！

み722

アミの会（仮）
大崎梢／加納朋子／今野敏／永嶋恵美／法月綸太郎／松尾由美／光原百合／矢崎存美
惑　まどう

豪華ゲストを迎えた実力派女性作家集団「アミの会（仮）」が贈る、珠玉のミステリ小説集。短編の名手8人が人生で起こる「惑う」時を鮮やかに切り取る！

ん83

2003年2月　ジョイ・ノベルス刊（小社）
2006年11月　徳間文庫刊
（『悪逆　裁き屋稼業』改題）
再文庫化に際し、著者が大幅に加筆しました。